AF280492

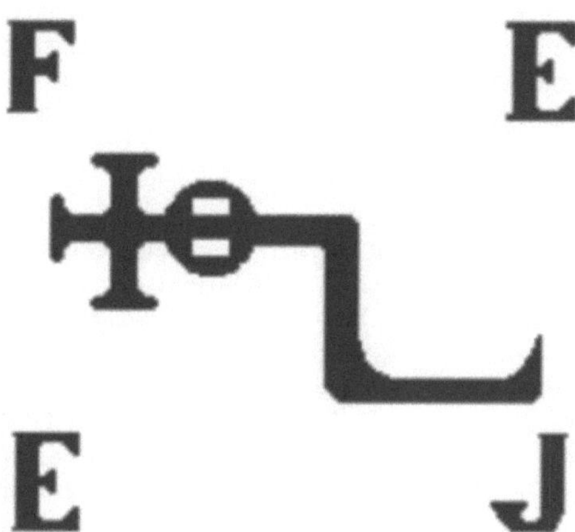

F
E
E
J

BDSM ist die heute in der Fachliteratur gebräuchliche Sammelbezeichnung für eine Gruppe miteinander verwandter sexueller Vorlieben, die oft unschärfer als Sadomasochismus oder umgangssprachlich auch als SM oder Sado-Maso bezeichnet werden. Weitere mögliche Bezeichnungen für BDSM sind beispielsweise Ledersex oder Kinky Sex. Der Begriff BDSM, der sich aus den Anfangsbuchstaben der englischen Bezeichnungen „Bondage & Discipline, Dominance & Submission, Sadism & Masochism" zusammensetzt, umschreibt eine sehr vielgestaltige Gruppe von meist sexuellen Verhaltensweisen, die unter anderem mit Dominanz und Unterwerfung, spielerischer Bestrafung sowie Lustschmerz oder Fesselungsspielen in Zusammenhang stehen können. Das Begriffspaar **Dom**inance und **Sub**mission kommt aus dem Englischen und bedeutet Herrschaft und Dominanz sowie Unterwerfung und Unterordnung. Man bezeichnet damit ein ungleiches Machtverhältnis zwischen Partnern, das bewusst angenommen und angestrebt wird. Dominance and Submission benennt somit eher die psychische Komponente des BDSM. Obwohl dies auch in vielen Partnerschaften der Fall ist, die sich selbst nicht als sadomasochistisch auffassen, gilt es bewusst gelebt als Teilbereich des BDSM. Die Variationsbreite der individuellen Ausprägungen ist dabei groß. Es existieren zahlreiche Vorurteile, Klischees und Stereotypen bezüglich BDSM in der Öffentlichkeit. Keine Seltenheit sind Missverständnisse, die daraus resultieren, dass **„Vanillas"** nicht wie BDSMler zwischen dem wirklichen Leben und dem Praktizieren von BDSM unterscheiden. So gehen manche davon aus, dass Submissive im BDSM auch im sonstigen Leben gerne Schmerz und Erniedrigung erfahren würden, und dass Dominante im Alltagsleben auch wie im BDSM dominant seien. Umgekehrt behauptet ein anderer Mythos, Submissive und Dominante würden im BDSM genau das Gegenteil ihres echten Lebens praktizieren – so seien die Kunden von Dominas meist erfolgreiche Geschäftsmänner. Beide Positionen sind jedoch einseitig. Zwischen der Stellung im Alltag und im BDSM-Spiel kann, muss aber kein Zusammenhang bestehen.

(Quelle: Wikipedia)

Artus Daniel-Hoerfeld

SchmerzDame
Lektüre des strengen Herrn

Bibliografische Information der Deutschen Nationalbibliothek

Die Deutsche Nationalbibliothek verzeichnet diese Publikation in der Deutschen Nationalbibliografie; detaillierte bibliografische Daten sind im Internet über http:\\dnb.d-nb.de abrufbar.

ISBN 978-3842369672

Herstellung und Verlag:
Books on Demand GmbH, Norderstedt

Inhalt

Vorwort

Sie haben sich für eine erotische Lektüre der besonderen Art entschieden und sind nun gespannt, was auf Sie zukommt.

Lassen Sie mich zunächst versichern, dass alle Geschichten wie geschildert passiert sind und alle Beteiligten danach gesund und wohlauf waren.

Mein Psychiater hat mir (neben anderem) einen ausgeprägten Narzissmus mit sadistische Tendenzen bescheinigt, was sich in meinem Sexualleben niederschlägt. Dies bedeutet nichts anderes, als dass mir der normale Vanilla-Sex keinen Spaß macht und mich auch nicht befriedigt.

Dennoch sollten Sie mich nicht vorschnell verurteilen, denn nach meiner Erfahrung findet sich in jedem Menschen die Anlage zur Perversion. Sie äußert sich allgemein in der Faszination für das Verbotene und Gefährliche. Die Fahrgeschäfte auf den Jahrmärkten, Bungee-Jumping, Horrorfilme und nicht zuletzt das Fahren mit überhöhter Geschwindigkeit sind Ausdruck für unsere Sehnsucht nach dem „Thrill", dem besonderen Kick, den wir lustvoll genießen.

Das Reizvolle an diesen Ausnahmesituationen haben wir der Natur zu verdanken, die uns evolutionsbedingt für das Ausprobieren neuer riskanter Verhaltensweisen belohnt. Als Kinder und Pubertierende waren wir noch unmittelbarer damit verbunden, erst die fortschreitende Sozialisierung des Erwachsenenlebens hat uns davon entfernt.

Ein probates Mittel, in die Empfindungsfähigkeit früherer Tage zurückzukehren, liegt im Brechen von Tabus. Nun wäre es Stoff für ein weiteres Buch, das Wesen dieser sozialen Regeln, Normen und Verbote zu ergründen, doch sei an dieser Stelle nur so viel dazu gesagt:

Überlegen Sie, was Sie in der Öffentlichkeit (oder auch nur ihrem Partner gegenüber) NIEMALS tun würden, weil es ihnen einfach zu peinlich wäre und Sie gewiss für den Rest Ihres Lebens davon verfolgt würden. Dann stellen Sie sich möglichst ausführlich und detailliert vor, wie Sie es dennoch tun.

Zunächst werden Sie Scham und Schuld empfinden, vielleicht auch Ekel und Abscheu. Dies ist der natürliche Abwehrmechanismus des Tabus, mit dem es sich vor Übertretung schützt. Die allermeisten schrecken davor zurück und meiden in Zukunft das auslösende Verhalten.

Wer diesem ersten Fluchtimpuls widersteht, der bekommt es mit rationalen Skrupeln zu tun: „Das tut man einfach nicht!", „Was wäre, wenn das jeder täte?", und ähnliches.

Wenn Sie es allerdings schaffen, sich darüber hinwegzusetzen und die verbleibende Erregung in sexuelle Bahnen zu lenken, dann werden Sie mit einer bis dato unbekannten Geilheit und Ekstase belohnt.

Nichts anderes tun die Mitglieder der BDSM-Szene!

Natürlich will ich hier nicht jedem zu völlig zügellosem Verhalten im Alltag raten, denn die menschliche Gesellschaft braucht selbstverständlich gewisse Regeln und Gesetze, um funktionieren zu können. Ich halte mich ebenfalls daran, und so lange ich meine Medikamente regelmäßig nehme, komme ich damit auch gut zurecht.

Auf meine alten Tage bin ich ein wenig ruhiger geworden, doch noch vor wenigen Jahren war ich in Geheim-Bünden und -Orden unterwegs, die hinter dem vordergründigen spirituellen Hokus-Pokus in gewisser Weise lediglich Steigerungsformen der üblichen Sado-Maso-Szene darstellen. Dort werden in den obersten Graden regelmäßig Orgien gefeiert, deren Ablauf sich kein normaler Mensch vorstellen kann.

Aber solche extremen Dinge haben Sie hier nicht zu erwarten. Als eine kleine Kostprobe für das Nachfolgende möchte ich Ihnen eine Szene schildern, die sich vor vielen Jahren beim Besuch eines Schulfreundes und seiner Frau zugetragen hatte:

Zu dieser Zeit wussten weder ich noch meine Freundin, was eine Dom/Sub-Beziehung ist, aber wir hatten uns dennoch

aus einem beiderseitigen Bedürfnis heraus genau so verhalten. Wir dachten damals, wir seien die einzigen, die so
etwas tun, deshalb machte es uns Spaß, die Umwelt mit
unserem Verhalten zu schockieren.

Als wir zum besagten Vanilla-Ehepaar fuhren, gab ich ihr
vor, sich zunächst völlig unauffällig zu verhalten. Doch
wenn der Abend langsam zu Ende ginge, könne sie, wenn
sie wolle, im Beisein der anderen etwas total Ungehöriges
tun oder sagen (für das sie natürlich bestraft werden würde), und das machte sie dann auch:

"Können wir endlich abhauen?", fragte sie mich nach dem
Essen im Beisein der Gastgeber, "Die Typen hier öden
mich an! Ich will lieber zu Hause mit dir ficken!"

Das andere Paar war von dieser Äußerung völlig konster-
niert, doch das sollte sich noch steigern, als ich die Übel-
täterin zur Strafe umgehend auf den Boden knien ließ und
ihr mit meinem Gürtel ein paar kräftige Hiebe drüberzog.

Bevor mir mein empörter Freund in den Arm fallen konnte,
schickte ich meine heulende Freundin runter zum Auto, damit sie dort auf mich wartet.

Die beiden waren bereits einige schrille Dinge von mir ge-
wohnt, so dass meine Erklärung des Vorgangs und unserer
besonderen Beziehung zwar kopfschüttelnd, aber doch einigermaßen verständnisvoll aufgenommen wurde.

Etwas zu verständnisvoll für meinen Geschmack, deshalb
setzte ich noch einen drauf:

Mit dem Handy rief ich im Wagen an und sagte zu ihr:

"Ich möchte, dass du dein Höschen unter dem Rock aus-
ziehst, denn ich will dich auf der Heimfahrt dort anfassen!",
und legte einfach auf.

Die Dame des Hauses war nun doch über mein machohaftes
Verhalten gegenüber dem Mädchen empört. Der Ehemann
folgte ihr darin zwar pflichtschuldig, dennoch bemerkte ich,
dass beide durch die Vorgänge auch erregt wurden.

Besonders dadurch, dass sie, natürlich nach anfänglicher
Entrüstung und Ablehnung, die Anzahl der Stockhiebe fest-
legen durften, mit denen ich meine Sub später zu Hause für
ihr ungehöriges Verhalten züchtigen würde ...

Wenn Sie, lieber Leser, das Geschehene soweit akzeptieren können, dann sind Sie bereit für ein paar weitergehende Begebenheiten, die sich in ihrer Absonderlichkeit im Laufe des Buches natürlich noch steigern.

Fangen wir aber zunächst ganz harmlos mit einer Geschichte aus meiner Schulzeit an:

Susanne und Silke

Hier eine eher witzige Geschichte aus meiner Jugend. Darin gehe ich zwar nicht besonders weit, aber meine Erinnerung an den zweiten Teil ist mit den zärtlichsten Gefühlen verbunden:

Nachdem ich in der siebten Klasse sitzensgeblieben war, hatte ich durch mein höheres Alter natürlich bessere Chancen bei den Mädchen als zuvor, wobei ich sagen muss, dass damals nicht wirklich viel passierte. Denn erstens war es zu jener Zeit noch üblich, dass sich Jungs und Mädchen im Schulalltag getrennt voneinander hielten, zweitens war ich auf einem erzkonservativen Gymnasium, wo nur tugendhaften Töchter aus gutem Hause zu finden waren.
Aber die Ausnahme bestätigt bekanntlich die Regel, und eine solche erfuhr ich im Alter von 17 Jahren, als ich mit einem sechzehnjährigen Mädel namens Susanne befreundet war. Sie war recht groß, dabei aber sehr schlank. Ihr langes braunes Haar und die recht ansehnlichen Brüste hatten es mir angetan, so dass ich mich länger um sie bemühte, als ich es sonst gewöhnlich tat.

Es war natürlich auf einer Fete, bei der wir uns schließlich näher kamen, denn andere Gelegenheiten gab es ja kaum. Zu später Stunde lagen wir mit zwei anderen Pärchen quer auf dem Bett der Eltern und fummelten was das Zeug hielt. Es dauerte eine halbe Ewigkeit, bis sie sich von mir endlich das T-Shirt hochschieben ließ und ich ihren festen, spitzen Busen mit Finger und Zunge verwöhnen konnte.

Kaum hatten das die beiden anderen Mädchen mitbekommen, zogen sie nach, sie wollten ja vor ihren Freunden nicht als prüde dastehen. Ich weiß nicht, wie weit das Ganze noch gegangen wäre, aber plötzlich kamen die Eltern des Gastgebers überraschend nach Hause und standen auch gleich im Schlafzimmer. Die Tatsache, dass sie drei knutschende Pärchen in ihren Betten vorfanden, begeisterte sie nicht gerade, zumal eines der anderen Mädchen ihre Tochter war ...

Die Party war dann auch schnell beendet, aber der freie Zugang zu Susannes Oberkörper bereits am ersten Abend ließ mich für die Zukunft auf mehr hoffen.

Bei der Hoffnung blieb es dann auch erst mal, denn ihre Mutter passte auf wie ein Luchs. Kaum war ich an einem Nachmittag mit meiner Freundin in ihrem Zimmer allein, kam sie nach kurzem Anklopfen herein; immer unter einem anderen Vorwand. So etwa alle dreiviertel Stunde musste Wäsche in den Schrank geräumt werden, wurde gefragt, ob wir was zu trinken wollten oder sonst etwas. Da wir die meiste Zeit am Kuscheln waren, fuhren wir jedes Mal auseinander, was die Stimmung doch sehr beeinträchtigte. Denn ich brauchte immer eine ganze Weile, bis ich wegen ihrer typisch jungmädchenhaften Abwehr endlich den obersten Knopf ihrer Bluse geöffnet hatte, der nach jeder Störung natürlich wieder fest verschlossen war.

Die Frustration wurde auch dadurch nicht besser, dass sie nicht zu mir nach Hause kommen durfte und wir uns sonst nur samstagnachmittags in der Disco der Tanzschule treffen konnten. Bei dieser Gelegenheit war aber jedes Mal ihre beste Freundin Silke dabei. Die war ein typisches *hässlich-*

es Entlein, mittelgroß, sauerkrautartige Haare, dürr und total ungeschickt in allem, was sie tat. Sie wirkte ständig irgendwie zitterig und zappelig, was natürlich jeden Jungen abschreckte und sie neben der Tanzfläche ständig an uns kleben ließ. Die nervtötende Angewohnheit der beiden, jedes Mal zusammen auf die Toilette zu gehen, kostete zusätzlich Zeit, zumal sie aus unerfindlichen Gründen jedes Mal mindestens zwanzig Minuten verschwunden waren.
So war also nichts mit Weiterkommen und ich musste meinen Forschungsdrang Susannes Körper betreffend erst einmal *auf Eis legen*.
Aber zwei Monate später sollten wir mit der Klasse für eine Woche ins Schullandheim auf eine Nordseeinsel fahren. Ich nahm mir vor, dass mein *Hühnchen* die Insel nicht ungerupft verlassen sollte. Dass es dann aber so geil wurde, hatte ich mir nicht mal in meinen kühnsten Träumen erhofft ...

Wir Jungs lagen jeweils zu viert auf einem Zimmer, die Mädchen natürlich am anderen Ende des Hauses im Obergeschoss, das zudem nachts abgeschlossen wurde. Unser Klassenlehrer und eine Englischlehrerin passten auf, dass wir uns auch ordentlich betrugen, was allerdings im Falle unseres Zimmers völlig misslang. Denn erstens konnten wir den Sinn und Zweck des *Bettenmachens* nicht so recht nachvollziehen, zweitens hatten wir ein starkes Bedürfnis nach verbotenen alkoholischen Getränken. Unser Lehrer war zwar als Pädagoge ziemlich bemüht, konnte aber nicht verbergen, dass er eigentlich ein Kumpeltyp war, der sich von uns so manches Mal einnehmen ließ.
So auch dort, als er in einem liebenswerten Versuch scheiterte, uns nach Art des Militärs zur Ordnung zu erziehen. Sein Ansinnen, uns dazu zu bringen, die Betten nach dem Verlassen wieder ordentlich zu richten, fand schon am zweiten Tag sein Ende, als ich ihm auf dem zerwühlten Bett liegend nach einer Standpauke erwiderte:
"Wenn sie so streng mit mir reden kriege ich glatt einen Steifen!"

Er wandte sich zwar schnell ab, aber ich sah doch, dass er grinsen musste ...

Die Sache mit dem Alkohol war allerdings schwieriger, denn er war fest entschlossen das Prinzip des Alkoholverbots durchzusetzen. Von wegen Jugendschutz und so. Mit mir war allerdings der Sohn eines vermögenden Rechtsanwaltes auf der Stube, der dieses Verbot als persönliche Herausforderung ansah und über nahezu unbegrenzte Geldmittel verfügte. Also bezogen wir vom ortsansässigen Kaufladen jede Menge Wein, Bier, Schnaps und Sekt, und schmuggelten soviel wir nur tragen konnten durchs Fenster ein. Natürlich wurden die Flaschen bei jeder Kontrolle wieder und wieder beschlagnahmt, allerdings wies mein Freund deutlich darauf hin, dass es sich dabei um sein Eigentum handele, und er natürlich erwarte, dass die Flaschen nach dem Aufenthalt wieder ausgehändigt werden würden.

Der Lehrer schleppte zwar tapfer alles in sein kleines Zimmer, aber er stand bald vor der Frage: "Wohin mit dem ganzen Zeug?", denn wegkippen konnte er es ja nicht. Nach dem dritten Tag war sein ganzer Raum mit alkoholischen Getränken angefüllt, und als er eines Nachts wegen des Lärms aus unserer Stube auffuhr, um uns mal wieder zur Ordnung zu rufen, riss er eine Reihe von Flaschen um, von denen einige zerbrachen und ihren Inhalt über den ganzen Fußboden vergossen. Sein wütendes Geschrei über die Sauerei rief den Herbergsvater herbei, der sich arg verwundert über den immensen Alkoholbestand im Lehrerzimmer zeigte ...

Wir standen wie frisch geweckt neben dem nach Schnaps stinkenden Kabuff des Lehrers im Flur herum und gaben vor, von nichts zu wissen. Als er zu seiner Verteidigung behauptete, all dies von uns konfisziert zu haben, gaben wir uns höchst empört über diese Unterstellung und wiesen jede Beschuldigung entrüstet von uns.

So kam es schließlich, dass er kapitulierte und uns entnervt alle Flaschen zurückgab, wobei mein Kumpel ihn mit den folgenden Worten endgültig aus der Fassung brachte:

"Na gut, wir sehen deutlich, dass sie mit Alkohol nicht umgehen können, aber ich möchte doch darum bitten, mir die zerbrochenen Flaschen zu ersetzen."

Als Antwort warf unsere *Aufsichtsperson* seine Tür vor uns derart heftig zu, dass die Klinke von der Tür abflog und über den ganzen Flur schoss.

Er würde uns im Weiteren nicht mehr belästigen, so dass wir also freie Bahn hatten, was wir auch zur Genüge ausnutzten, indem wir mit Alkohol und reichlich Tabak dieses scheissgesunde Seeklima ausglichen. Die Kasernierung der Mädchen war jedoch weiterhin ein Problem. Zwar trafen wir uns am Strand und in den Dünen, aber so richtig kam dabei nichts zustande. Das Playboy-Poster an der Unterseite des Bettes über mir half auch nicht gerade, meine Triebe zu vergessen. Ich war schon richtig verzweifelt, als mir am letzten Abend vor der Abreise schließlich alles egal war. Zur Schlafenszeit kündigte ich gegenüber meinen feixenden Freunden an, dass ich heute im Mädchentrakt übernachten würde, und lief nach der Abendtoilette zwar ohne Plan, aber dennoch fest entschlossen dorthin los.

Die genannte Englischlehrerin war eine rotblonde Hexe, die mich auf den Tod nicht ausstehen konnte und jedes Mal angeschossen kam, wenn ich mal mit meiner Freundin Susanne irgendwo allein sein wollte. Sie machte es sich offensichtlich zur Aufgabe, mein Liebesglück zu zerstören, was ich natürlich nicht hinnehmen konnte. Also plante ich einen Großangriff, der mich dem Paradies näher bringen sollte. Ich marschierte völlig unbekümmert in den heiligen Bereich der Mädchen und gelangte schließlich ungesehen in das Zimmer meiner Angebeteten und ihrer Freundin. Dort legte ich mich auf ihr Bett und harrte der Dinge, die da kommen sollten.

Es gab natürlich einigen Aufstand, als sie und ihre Freundin Silke reinkamen, aber ich blieb wie selbstverständlich hocken, als würde ich dort hingehören. Da mich die beiden nicht vertreiben konnten, versuchten sie mich wenigstens zu verbergen, denn die Endkontrolle der Lehrerin stand kurz bevor. Die schaute auch bald ins Zimmer, aber da ich

14

um die Ecke auf dem unteren der Etagenbetten lag, bemerkte sie mich nicht.

Nun war die Tür zur Schlafenszeit geschlossen und ich befand mich wie der Fuchs im Hühnerstall mit meiner Geliebten und ihrer Freundin für eine Nacht allein in einem Zimmer. Die Mädchen bestanden zwar darauf, dass wir vollständig bekleidet bleiben müssten, weil sie sonst sofort Alarm schlagen würden, aber ich erklärte mich mit dieser Bedingung gerne einverstanden. Also legte ich mich mit Susanne auf ihr unteres Bett und wir begannen mit der üblichen Schmuserei, als wenig später von oben Protest kam:
"Wie soll ich schlafen, wenn ihr da unten ständig rummacht?"

Als cooler Bengel, der ich damals war, gab ich zur Antwort, dass sie gerne zu uns stoßen könne, denn ich hätte genug Kraft für zwei Frauen.

Susanne stieß mich tadelnd heftig an, aber die Sache begann für mich einen Reiz zu bekommen. Ich forcierte also möglichst geräuschvoll meine Bemühungen im Umgang mit meiner Süßen, was die liebe Silke natürlich vom Schlafen abhielt. Bald kletterte sie genervt herunter und ging wohl auf die Toilette, da schoss mir ein verwegener Gedanke ins Hirn. Ich stand auf und zerrte Silkes Matratze runter auf den Boden in die Ecke. Ebenso bugsierte ich meine protestierende Freundin aus dem Bett und packte ihre Unterlage samt Bettzeug daneben. Ich legte mich auf dieses neugeschaffene Lager und wartete ab, was passieren würde. Susanne stand unschlüssig im Raum herum, als Silke wieder reinkam und ihren Augen kaum traute. Die Folge war ein mädchenhaftes Gezische und Gefauche, aber da ich mich nicht zur Hergabe der Lagerstatt bewegen ließ, mussten beide wohl oder übel zu mir auf die Matratzen kommen.

Susanne legte sich bald zu meiner Rechten an die Wand, die scheue Silke brauchte ein wenig länger, bis sie sich schließlich an den äußersten linken Rand niederließ, mich ständig warnend, sofort um Hilfe zu schreien, sollte ich es wagen sie zu anzufassen.

Also konzentrierte ich mich zunächst auf meine Freundin, und behandelte sie trotz geschlossener Hose nach allen Regeln der Kunst, was sie schnell zu eindeutigen Lautäußerungen veranlasste. Stöhnend und japsend erreichte sie bald ihren Höhepunkt. Danach orientierte ich mich wieder in die Mitte der Lagerstatt. Mir blieb das beschleunigte Atmen von Silke nicht verborgen, worauf ich mich an sie wandte:
"Du hast doch bestimmt auch einen Freund, oder?"
Sie war zwar etwas verstockt und wollte erst nicht reden, aber dann kam doch eine Antwort:
"Jungs sind doof, die brauche ich nicht!"
Ich will hier nicht die ganze Konversation wiedergeben, aber nach einiger Zeit wurde sie doch etwas zugänglicher. Ich versicherte ihr, dass sie ein hübsches und begehrenswertes Mädchen sei, und ich überhaupt nicht verstehen könne, weshalb sie keinen Freund habe. Zwar bekam ich von der wiederbelebten Susanne einige Stöße in den Rücken, aber ich ließ mich von meinem nächsten Ziel nicht abbringen. Bald schon lag meine Hand auf Silkes zitterndem Körper und wanderte sachte hin und her. Langsam beruhigte sich das nervöse Mädchen und begann sich zu entspannen, so dass ich es wagte, zu kritischeren Regionen vorzudringen.
Und siehe da, sie ließ es zu, dass ich über dem T-Shirt ihre kleinen Brüste streichelte, wobei ich bald forscher wurde und ihre Nippel zwischen den Fingern drehte, was sie erregt atmen ließ. Vorsichtig begann ich sie zu küssen, zuerst auf die Wange, die Stirn, dann auf den Mund, der sich mir auch schnell öffnete. So behandelt versteifte sich ihr Körper plötzlich, um danach um so mehr zu entspannen. Die Süße war tatsächlich gekommen!
Susanne war nun richtig eifersüchtig und forderte meine ganze Aufmerksamkeit, aber meine eigene Erregung brauchte jetzt erst mal ein Ventil. Mit einem "Sorry, Mädels, aber das muss jetzt sein!" öffnete ich meine Jeans, zog sie etwas runter und holte meinen seit Stunden steifen Schwanz heraus.

16

Silke sprang mit einem unterdrückten Schrei auf und drückte sich an die gegenüberliegende Wand des Zimmers, meine Freundin Susanne schoss hoch und presste sich in die Ecke neben mir, aber unbeeindruckt von der Reaktion der Mädchen angelte ich ein Handtuch, legte es mir auf den Bauch und begann meinen schmerzhaft pochenden Pimmel zu wichsen.

Im Zimmer war es zwar dunkel, aber der helle Mond schien durchs Fenster, so dass man doch einiges sehen konnte. Von einer zur anderen blickend, die trotz des Schocks über mein Verhalten wie gebannt auf mein Geschlecht starrten, kam ich schnell zum Orgasmus und spritzte befreit in das vorgehaltene Handtuch. Danach warf ich es hinter meinen Kopf, wobei ich darauf achtete, es nicht zu weit wegzuwerfen, denn ich hatte irgendwo gelesen, dass der Geruch von frischem Sperma die Frauen erst so richtig scharf machen würde.

Darauf zog ich mir die Jeans wieder hoch und machte sie zu. An beide Mädchen gewand sagte ich: "So, die Gefahr ist vorbei, die Hose ist zu, also könnt ihr wieder herkommen."

Es war wohl meine selbstverständliche Art, die kaum eine Bedrohung erkennen ließ und beide veranlasste, wieder zu mir zurückzukehren. Links und rechts neben mir liegend, auf die Ellenbogen gestützt, betrachteten sie mich stumm mit einem seltsamen Gesichtsausdruck, wie ich zwischen ihnen auf dem Rücken lag. Schon kamen von beiden Seiten streichelnde Hände, die über meinen ganzen Körper fuhren, und bald wollte mich jede zuerst küssen. Ich legte meine Arme um sie und drückte sie an mich, in dem Moment liebte ich sie beide, ein Gefühl, das sich kaum beschreiben lässt.

Zuerst Susanne, dann auch die merklich erregte Silke: Beide nahmen meinen angezogenen Oberschenkel zwischen ihre Beine und pressten sie auf und abrutschend durch die Jeans an ihr Geschlecht, um ihre Lust zu befriedigen. Jede wollte mehr von mir haben, mehr von mir anfassen, mich mehr und öfter küssen. Ich war wie in Trance, schob meine

Hände unter ihre T-Shirts, drückte, rieb und kniff ihre Brüste, was sie nur noch aufgeregter werden ließ.

Silke küsste mich gerade tief und fordernd, als sie ihren zweiten Orgasmus in meinen Mund stöhnte, worauf auch Susanne neben meinem rechten Ohr ihren Höhepunkt keuchend auslebte.

Derart angeregt gab es für mich kein Halten mehr, ich machte mir die Hose wieder auf und holte mein erneut stocksteifes Glied heraus, diesmal blieben die Mädchen allerdings neben mir liegen. Susanne reichte mir wie selbstverständlich das zuvor benutzte Handtuch, und beide schauten aus der Nähe gespannt zu, wie ich mir noch einmal onanierend Erleichterung verschaffen würde.

Jetzt ließ ich mir Zeit und kostete die Situation voll aus: Zwei erregte Mädchen neben mir sahen im Mondlicht genau zu, wie ich mir schön langsam die Vorhaut hoch und runter zog, damit sie alles gut betrachten konnten. Das noch feuchte Handtuch auf meinem Bauch verströmte einen Duft, der uns drei total anmachte. Leider wagten sie es nicht, mich anzufassen, aber dennoch war die Situation unendlich geil. Als ich kurz davor war, warnte ich sie, aber die von meinem Treiben völlig faszinierte Silke meinte nur: "Ja, los, spritz noch mal, ich will es diesmal richtig sehen!" Als mich Susanne daraufhin liebevoll anschaute kam es mir so gewaltig, dass ich mich aufbäumte und stöhnend meine zweite Ladung heftig zuckend in das vorgehaltene Tuch abspritzte.

Nachdem ich meine Kleidung wieder geordnet hatte, küssten und herzten mich beide und versicherten mir, dass dies eben das Aufregendste und Schönste war, was sie je gesehen hätten. Bald schliefen wir drei miteinander schmusend ein, denn die Ereignisse waren für alle doch recht anstrengend gewesen...

Am Morgen, so etwa vier Stunden später, gab es Lärm und Getöse von den übrigen Mädchen, die in den Waschräumen herumalberten. Nun war natürlich die Frage, wie ich ungesehen verschwinden könnte. Aber unbeeindruckt von jeder Gefahr der Entdeckung, schlenderte ich zum Entsetzen meiner beiden Geliebten auf den Flur und hinaus ins *neutrale* Gasthaus, ohne das jemand Notiz von mir nahm.

Zwar kam mir unser Lehrer entgegen, aber er hegte keinen Verdacht, da ich in Badeschlappen unterwegs war und so wohl kaum die Nacht außerhalb des Heims verbracht haben konnte. Auf die Idee, ich könnte bei den Mädchen gewesen sein, kam er nicht einmal. Zurück in meiner Stube gab es natürlich ein lautes Hallo, denn alle wollten wissen, wo ich denn gewesen war. Erst jetzt erfuhr ich, dass meine Freunde Decken und sonstiges Zeug in mein Bett gepackt hatten, um meine Abwesenheit zu tarnen, aber ernsthafte Kontrollen gab es jetzt eh´ nicht mehr.

Meine Schilderung, ich wäre auf dem Zimmer meiner Freundin gewesen, wurde ja schon ungläubig aufgenommen, aber der Zusatz, es auch mit Silke *getrieben* zu haben, sorgte nur für Gelächter. Ich sagte, sie sollten beim Frühstück mal auf die beiden achten, ob ihnen etwas auffallen würde.

Wir saßen bereits als erste zusammen am Tisch, als sich der Saal langsam füllte. Schließlich kamen Susanne und Silke rein, und meinen Freunden entgleisten sämtliche Gesichtszüge! Es war nämlich für jeden deutlich erkennbar, dass mit beiden eine wundersame Wandlung vonstatten gegangen war, denn es schien, als würde durch sie im Raum die Sonne aufgehen. Meine sonst eher ernste Freundin strahlte übers ganze Gesicht, aber besonders Silke war kaum wiederzuerkennen: Sie hatte alles Ungeschickte und Zitterige verloren und war durch die Kraft der Liebe über Nacht zu einem ruhigen, anmutigen und hübschen Mädchen geworden.

Meine Buße

Ich war zwanzig Jahre alt und steckte noch mitten in meiner Lehre, als ich mit einem Kumpel auf einer Sylvesterfete war. Er unterhielt sich dort mit einem Mädchen von etwa achtzehn, das mir erst recht unattraktiv erschien. Sie wollte ihm weismachen, sie wäre ein Schlachterlehrling, aber ich merkte im Gegensatz zu ihm schnell, dass sie ihn hochnahm. Schließlich konzentrierte sie sich auf mich, aber zuerst wollte ich nicht so recht, weil sie nicht eben eine Schönheit war. Sie war eher dicklich und auch im Gesicht wenig hübsch, sondern ein grobschlächtiges Mädel, dem allerdings ein geiles Funkeln in den Augen stand.

Sie war sehr witzig, lachte viel, und ihr weicher Körper mit den großen Brüsten schmiegte sich nur allzu gerne an mich. Also verbrachten wir die Nacht bis zum Morgen, indem wir beide in einem abgelegenen Raum engumschlungen auf dem Boden lagen und keine Sekunde die Hände voneinander ließen. Ihr warmes Entgegenkommen ließ mich sie gerne in den nächsten Tagen anrufen, und schließlich wurden wir ein Paar.

Sie wohnte noch bei ihren Eltern in einem Vorort, der mir nur als absolute Einöde bekannt war, aber das Haus hatte den Vorteil, dass sie als allein im ausgebauten Dachgeschoss wohnte und wir dort immer ungestört waren. Sie wollte nicht zu mir kommen, denn sie hatte meine Eltern auf eine nicht so schöne Art und Weise kennengelernt.

Also erschien ich eines Tages mit einem Blumenstrauß für die Mutter, die ich außerdem mit einem Handkuss für mich einnahm. Ihren Vater beeindruckte ich, indem ich seine Stereoanlage lobte, und wir im Laufe des Gespräches nur noch fachsimpelten, da ich bereits damals ziemlich viel davon verstand.

Ihr Zimmer war schmal und recht lang, an der einen Seite war eine Dachschräge, unter der ihr Bett stand, in dem wir uns die meiste Zeit aufhalten sollten.

Ich weiß nicht mehr warum, aber ihre Eltern waren an den Wochenenden häufig nicht zu Hause, so dass wir freie Bahn hatten. Zwar gab es da noch eine jüngere Schwester, aber die war die ganze Zeit selber mit ihrem Freund beschäftigt. Die Geräusche aus ihrem Zimmer in der ersten Etage ließen deutlich vernehmen, dass sie gewiss auch nicht prüde war. Manchmal machten ihr Freund und ich uns einen Spaß daraus, wer sein Mädchen lauter zum Stöhnen brachte.

Unser erstes gemeinsames Wochenende wollten wir nach ihrer Vorstellung damit beginnen, indem wir zusammen duschten. Bisher hatten wir nur aneinander herumgefummelt, aber noch nichts groß vom jeweils anderen gesehen. Wir zogen uns also aus und stiegen unter die Dusche, was natürlich total geil war, als sie doch ziemlich erschrocken auf mein steifes Glied starrte, das zuckend in ihre Richtung schielte. Sie gab sich zuvor zwar immer sehr *tough* und abgeklärt, aber einen *erwachsenen* Schwanz hatte sie wohl doch noch nicht aus der Nähe gesehen.

Wir wuschen uns gegenseitig ausgiebig an jeder Stelle, aber sie japste irgendwann erregt, dass wir besser aufhören und zu ihr hochgehen sollten, denn es wurden ihr die Knie weich.

Dort in ihrem Bett kuschelten wir so intensiv wie es nur ging und kosteten die neue Erfahrung vom jeweils anderen Körper aus, aber irgendwann wollte ich natürlich mehr. Es stellte sich schnell heraus, dass sie noch recht unerfahren war und kaum wusste, wie sie sich verhalten sollte. Also musste ich es ihr zeigen.

Sie war die Frau, die mein *Pendel-Spiel* am meisten und längsten genoss. Dabei kraulte ich mit den Fingern an der Innenseite ihrer nackten Oberschenkel in Zeitlupe von den Knien an aufwärts, sparte die bewusste Stelle in der Mitte aus, und bewegte mich ebenso an der anderen Seite abwärts. Dann wieder aufwärts und so weiter, das ganze vier-fünfmal, bis ich überraschend doch ihr Höschen sanft berührte, was sie scharf einatmen ließ. Dann wieder ein paar Runden *ohne Mitte*, zwischendurch von ihr unerwartet *mit*.

Jedes Mal bekam sie nach einer halben oder dreiviertel Stunde einen rasanten und wilden Orgasmus, nach dem sie erst einmal eine Pause brauchte.

Besonders gerne erinnere ich mich an ihr verschmitztes Grinsen, wenn sie mir bei späteren Begrüßungen gleich ins Ohr flüsterte, dass sie gerade geduscht hätte, und für mich *da unten* noch ganz sauber wäre, denn sie liebte es, von mir oral befriedigt zu werden.

Und wo blieb ich? Nun, das musste ich ihr erst mal beibringen. Wir lagen wie gesagt in ihrem Bett, als ich ihr mitteilte, dass ich mich jetzt dringend *erleichtern* müsste. Sie war auf eine süße Art hilflos, so dass ich mich selber bis kurz davor brachte, und sie es dann nach meiner Anweisung zu Ende bringen sollte. Sie war zwar ein wenig ungeschickt, aber schaffte es doch:

Ich lag neben ihr auf dem Rücken und begann nach kurzer Zeit unter ihrem wilden Gewichse meinen Samen in alle Himmelsrichtungen zu verspritzen, was sie mit sichtlicher Aufregung und Freude zur Kenntnis nahm. Dicke Tropfen klatschten an Wand und Poster, außerdem saute ich ihr ganzes Bettzeug ein.

Natürlich wollte sie dann später ständig an mir *üben*, denn sie war jedes Mal fasziniert, wenn es mir kam, und mein Sperma als Belohnung für ihre Bemühungen in hohem Bogen herausschoss.

Aber eines klappte nie: Sie zu vögeln. So sehr ich es auch versuchte, ich kam auch mit (sanfter) Gewalt nicht in sie hinein, obwohl sie es vordergründig ebenfalls wollte. Später erfuhr ich, dass sie eine Art Scheidenkrampf hatte, wenn ich in sie eindringen wollte, denn sie meinte, sonst würde "sie nie mehr von mir loskommen".

Aber alles sonst machte sie mit Begeisterung mit, es war unser besonders geiles Spielchen, wenn sie bei meiner fortgeschrittenen Erregung meinte: "Na los, spritz es dahin, wo es hin gehört!" Dann steckte ich ihr meine Eichel zwischen die Schamlippen und wichste mich am Stamm so lange, bis ich ihre Muschi total vollsamte, was sie tief befriedigt geschehen ließ. Im weiteren Verlauf bekam unsere Beziehung eine zunehmend abartige Natur, denn wir unternahmen kaum noch etwas, sondern waren nur noch wegen der Orgasmen zusammen, die wir uns gegenseitig zahlreich verschafften. Kaum unterhielten wir uns in ihrem Zimmer über unsere Alltagserlebnisse, da ging sie mir wie selbstverständlich an die Hose, holte mein Glied raus und lutschte an ihm, bis er hart und heiß vor ihr stand. Dann befahl sie mir meistens, mich mit dem Rücken auf den Fußboden zu legen, und wichste mich geil anstarrend bis zum Höhepunkt, wobei sie immer ein besonderes Vergnügen über meinen Samenerguss empfand. Sie war geradezu versessen darauf, diesen spritzenden Saft so oft wie möglich aus mir herauszuholen, ohne ihn aber jemals zu probieren, das mochte sie leider nicht tun.

Ich versuchte sie natürlich dazu zu bringen, bis sie schließlich meinte, wenn ich es selber täte, wäre sie vielleicht ebenfalls dazu bereit. Ich selber? Ja, wie denn? Also habe ich mich auf ihrem Bett so hingelegt, dass ich meine Beine rückwärts über den Kopf nahm und mein steifes Glied etwa 10-15cm über mir stand, dabei auf mein Gesicht zielend. Diese geile Hexe packte mich auch gleich und begann mich langsam zu wichsen, denn sie wusste mittlerweile recht gut mit meinem Pimmel umzugehen. Dies war die erste Gelegenheit, wo ich sie obszön reden hörte, es machte sie total geil, mich in ihrer Gewalt zu haben:

"Los, Du geiler Ficker-Wichser, spritz deinen Schleim auf dich selbst ... du verdammter Mistbock, jetzt zeig ich´s dir ... sau dir die eigene Fresse ein ... spürst du meine Hand? ... Ich reibe deinen steifen Pimmel hoch und runter ... jaaah, was kommt da an Schmiersaft raus ... los, Ficker, ich melke dich auf dein eigenes Gesicht, du Sau! ... Wann spritzt du endlich, ich warte! ... Los, ich will deinen schmierigen Samen sehen!"

Sie zog mir aber nur sehr langsam die Vorhaut hoch und runter, dabei mit dem in Fäden austretenden Geilsaft mein ganzes Gesicht einsauend. Immer, wenn ich kurz davor war, hielt sie still und meinte höhnisch: "Jaaa, ich weiß, du willst gerne spritzen, aber ich lasse dich noch nicht ... nein,

nein, mein Lieber ... vielleicht das nächste Mal ... aber sag mir Bescheid, wenn es dir kommt, ich will es wissen, hörst du? Wehe, ich verpasse was!"

Bald flehte ich sie an, mich endlich kommen zu lassen, bis sie sich endlich erbarmte und mich mit ihrer Faust bis zum Ende brachte.

Derart geil gemolken, schoss ich endlich halb ohnmächtig auf mein Gesicht ab, dabei vergeblich versuchend, alles mit dem Mund aufzufangen. Herrje, war das eine geile Sauerei!

Ich genoss es zwar, auf diese Weise von ihr behandelt zu werden, aber ich wollte mich natürlich revanchieren. Also spielte ich meine Macht über sie aus, denn trotz allem war sie mir sexuell total verfallen. Wenn ich sie auch nur irgendwo berührte und die Hand dort ruhig liegen ließ, dauerte es nicht sehr lange, und sie starrte mich heftig atmend an, wobei ihr regelmäßig der Blick brach und sie zu Wachs in meinen Händen wurde.

So kam es, dass ich sie nur noch zum Abspritzen besuchte, wobei ich sie einmal, kaum angekommen, im Wohnzimmer gleich auf den Boden warf, ihr rücksichtslos die Kleidung vom Körper riss, und sie missbrauchte, wie es mir gerade in den Sinn kam:

Ich zerrte ihr die Hose runter, zerriss ihren Slip und hielt ihn tief einatmend vor mein Gesicht, danach warf ich ihn quer durchs Zimmer und begann ihre Bluse zu aufzureißen. Langsam, damit das reißende Geräusch mich richtig aufgeilte, fetzte ich alles restlos von ihrem Körper, um mich dann an ihren großen Brüsten zu laben, die mehr als zwei *Greif* umfassten, und mich zu manchem Tittenfick einluden. Dann stellte ich mich, immer noch vollständig bekleidet, über sie und spuckte auf ihren nackten und sich vor Geilheit windenden Körper. Denn trotz aller Brutalität genoss sie stöhnend offensichtlich jede Sekunde unseres Zusammenseins, anders wäre es für mich aber auch gar nicht möglich gewesen.

Es war ja gerade ihre dampfende Geilheit, die mich immer weiter trieb, ich wollte sehen, wie weit ich bei ihr gehen konnte. Ich trat auf sie, stellte den Absatz meiner Westernstiefel auf ihren Bauch und tat so, als wolle ich eine Zigarette austreten. Sie schrie zwar auf, aber umkrallte mein Bein mit beiden Händen, um es dort zu halten.

Schließlich richtete sie sich auf, sah mich mit einer halb ohnmächtigen Geilheit an und verlangte von mir, sie anzupinkeln. Das ging mir im Wohnzimmer ihrer Eltern dann doch zu weit, so dass ich ihr befahl, sofort ins Badezimmer zu laufen. Das tat sie auch, ich hinterher, dabei meine Hose öffnend und sie mit meinem Glied in der Hand und einem starken Druck auf der Blase verfolgend. Kaum angekommen, warf sie sich polternd in die Duschkabine und erwartete mit irrem Gesichtsausdruck meinen Urin. Ich stellte mich davor und pisste was ich konnte über sie, wobei sie sich stöhnend und schreiend wand und verrenkte, um auch alles aus der Wanne von meinem gelben Saft zu erwischen. Kaum hatte ich geendet, war ich durch ihren keuchenden Genuss furchtbar aufgegeilt, zerrte meine Kleider vom Leib, gesellte mich zu ihr und verlangte, ebenfalls auf diese Weise von ihr bedacht zu werden. Kurze Zeit später hockte sie sich über mich, bekam so einen verträumten Gesichtsausdruck und pullerte mich von oben bis unten mit ihrer warmen Pisse voll, danach stellten wir die Dusche an, und brachten uns dabei reinigend gegenseitig zu extrem geilen Höhepunkten, die dem Duschvorhang das Leben kosteten.

Dann kam der Tag, an dem ich die gerechte Strafe für mein zügelloses Treiben bekam.

Wir waren in ihrem Zimmer, und es war wie in den letzten Wochen wieder einmal so, dass sie aus einem dickköpfigen Zorn heraus versuchte, mir ihren Orgasmus zu verweigern, obwohl sie sich von mir ausgiebig ihre Muschel schlecken ließ:

"Diesmal nicht, FICKER ... du schaffst es nicht ... ich bin überhaupt nicht geil, hörst du? ... TEUFEL ... MISTBOCK!!! ... Heute nicht ... versuch es nur, na los, LOS! ... Du SCHEISSKERL!! ... Wichser ... was nur ... aaahhh ... jaaaahhh...!"

Aber da erhob mich aus einem plötzlichen Antrieb und schaute sie an. Sie öffnete heftig atmend ihre Augen und sah mich fragend an.
Ich sagte nur, wie neben mir stehend: "Ich habe dich in letzter Zeit nicht sehr nett behandelt und dafür eine Bestrafung verdient."
Sie: "Häh, was ist los, was meinst du?"
Ich: "Ich will, dass du mir zur Strafe einmal richtig weh tust."
Sie: "Schatz, was redest du da? Es ist doch alles in Ordnung. Ich würde dir doch nie weh tun, das könnte ich doch überhaupt nicht!"
Ich: "Ich verdiene es und du hast ein Recht darauf!"
Ich weiß bis heute nicht, was mich damals geritten hat, aber seltsamerweise empfand ich es als notwendig, eine Art *Buße* zu tun. Mir fiel auch ein, wie, und der Gedanke daran erschreckte mich zwar, machte mich aber auch unheimlich geil.
Ich: "Ich will, dass du dich mit den Fingern befriedigst, und wenn du soweit bist darfst du mir zwischen die Beine treten! Mein Schmerz soll dir zur Lust dienen!"
Es gab natürlich einiges Hin und Her, aber irgendwie machte sie die Idee dann doch an. Sie hatte nicht umsonst gegen meine geile Übermacht protestiert, es gab da etwas in ihrem Inneren, das wütend auf mich war, auch wenn ihre Hörigkeit zu mir alles überdeckte. Schließlich einigten wir uns darauf, dass sie sich vor mir (das erste Mal!) geil einen runterholte und mich dabei als *Wichsvorlage* benutzte. Ich stand demütig nackt und breitbeinig neben ihrem Bett, mich dabei auf meinen Oberschenkeln abstützend, um im entscheidenden Moment den Tritt von ihrem Fuß in mein dargebotenes Geschlechtsteil zu erhalten. Ich hatte schon mal beim Handball einen *Treffer* bekommen und wusste, wie weh das tat, aber eine Mischung aus Geilheit und Schuldbewusstsein ließ mich zu meinem Vorschlag stehen.
Sie begann also sich zu fingern und ließ sich viel Zeit, um die Spannung zu steigern. Die Erwartung des Schmerzes zog mir wie irre durch den ganzen Unterleib, mein

Schwanz stand wie eine Rakete und im Sack brodelten mir alle Säfte, die in langen Fäden aus der Nille auf den Boden tropften. Ihre zunehmende Erregung übertrug sich auf mich, eine kaum zu beschreibende ängstliche Geilheit breitete sich in mir aus, als das vor mir wichsende Mädchen kurz vor dem Höhepunkt war.

Sie hatte den mir wohlbekannten wütend-geilen Ausdruck im Gesicht und bemühte sich diesmal, auch am Ende die Augen offen zu halten, um alles mitzubekommen. Plötzlich zuckte sie in höchster Erregung am ganzen Körper, dann trat sie mir mit aller Gewalt voll in die Eier!

Ich blieb noch einen Moment stehen, dann brach ich vor Schmerz aufstöhnend zusammen, ich krümmte mich heulend auf dem Boden, bekam aber dennoch mit, wie meine Freundin dadurch schreiend zu einem Orgasmus kam, der nicht enden wollte. All ihre aufgestaute Frustration rausbrüllend, warf sie sich wie verrückt auf ihrem Bett hin und her, dabei irres Zeug stammelnd und fluchend. Mein ganzer Unterleib war verkrampft und schien nur aus Schmerz zu bestehen, ich bekam kaum noch Luft, aber nachdem ihre Ekstase abgeklungen war, hörte ich, wie sie sich bei mir immer wieder entschuldigte, mich tröstend und bedauernd kam sie zu mir auf den Fußboden, wobei sie sich zwischendurch für dieses unglaubliche Erlebnis bedankte. Küssend und herzend weinte sie mit mir, mich ihrer ewigen Liebe versichernd, denn bestimmt habe noch kein Mann ein solches Opfer für seine Liebste gebracht.

Ja, die Liebe kann sehr weh tun! Und zwar besonders uns Männern ...

Kamera und Taschenlampe

Ich war damals so Mitte 20, sie eine Arbeitskollegin Anfang dreißig, äußerlich eher unscheinbar, aber sie war mir schon immer sehr sympathisch gewesen. Wir hatten jeweils gerade unsere erste Ehe hinter uns, und haben uns gegenseitig darüber hinweggetröstet, als sie mal nach einigen Gläsern Wein anfing, von dem eigentlichen Problem in ihrer Ehe zu berichten. Zuerst in Andeutungen, schließlich offen, gestand sie ein, dass ihr Ex nicht mit ihrem sexuellen Fetisch klargekommen war, ohne den sie nur sehr selten zum Höhepunkt kommt, und dann auch nur kurz und wenig befriedigend.

Mich fordert so etwas natürlich heraus, und es dauerte auch nur ein paar Tage, bis wir zur Tat schritten (Ich konnte doch die arme Frau nicht leiden lassen ...)

Das ganze lief so ab: In ihrem stockdunklen Wohnzimmer befanden wir uns komplett bekleidet in verschiedenen Ecken, ohne ein Wort zu sagen oder etwas zu tun. Allein die Anwesenheit eines Mannes, den sie atmen hören, aber nicht sehen konnte, erregte sie bereits. Nach einiger Zeit war sie soweit: mit einem "Sie dürfen jetzt anfangen, wenn sie möchten, ich bin zu Allem bereit." begann die Show, die so etwa eine Stunde dauerte.

Ich hatte von ihr eine Super-8-Kamera und eine Taschenlampe, die nur einen sehr schmalen, aber hellen Strahl aussandte. Ich schaltete beides ein und blendete sie, so dass sie mich nicht sehen konnte. Nicht die Aufnahme selbst, sondern das laute Surren der alten Kamera war ihr wichtig, ebenso das Tasten des Lichtes über ihren Körper, als deutliches Zeichen dafür, voyeuristisch betrachtet zu werden.

In einem ruhigen, gelassenen und fast desinteressierten Ton forderte ich sie zu verschiedenen Handlungen auf, wie etwa "Öffnen sie ihr Haar und setzen sie sich auf das Sofa!", oder "Ich möchte, dass sie ihren Rock hochschieben, damit die Zuschauer ihr Höschen sehen können.", was sie stumm und augenblicklich befolgte.

Das ging natürlich immer so weiter: Das Öffnen der Bluse, Ausziehen der Schuhe, usw., zwischendurch sollte sie sich selbst streicheln, in die Brustwarzen kneifen, damit sie hart und gut durch den BH sichtbar werden und ähnliches.

Dabei lief unentwegt die Kamera, das Licht der Taschenlampe zappelte über sie, außerdem wollte sie, dass ich ihr während der ganzen Zeit ganz langsam, Zentimeter für Zentimeter, näher kam. Man kann sich vorstellen, dass mich das Ganze furchtbar geil gemacht hat, aber ich hatte ja keine Hand frei, außerdem musste ich mich darauf konzentrieren, weiterhin unbeteiligt zu klingen ...

Schließlich lag sie nackt auf dem Sofa und berührte sich nach meinen Anweisungen an Brust, Po und zwischen den Beinen. Wenn sie kurz davor war, sprach sie den letzten ihrer einzigen beiden Sätze: "Sie dürfen jetzt auf mich onanieren, wenn sie möchten. Ich werde still halten."

Also setzte ich wortlos die laufende Kamera auf den Tisch ab, öffnete mit einer Hand meine Hose, und holte meinen steifen Freund raus, der schon so lange hatte leiden müssen. Ich wichste über ihr, dabei auf ihre Muschi zielend und sie weiterhin mit der Taschenlampe blendend. Sie zog sich jetzt die Schamlippen weit auseinander und stimulierte ihre Klitoris für das Finale.

Obwohl ich sie nicht berühren durfte, dauerte es natürlich nicht lange, und ich merkte es bei mir kommen. Das musste ich ihr mit den Worten: "SCHLUSS MIT GENUSS!", diesmal laut und streng, mitteilen.

Kaum hatte ich angefangen, ihr zwischen die Beine zu spritzen, kam auch sie heftig zuckend mit einem gewaltigen und langen Orgasmus, den sie befreit rausschrie, dabei verspritzte sie selber ihre angesammelten Mösensäfte auf das Sofa.

So etwas hatte ich noch nie gesehen, und dieser extrem geile Anblick ließ mich doch glatt noch einmal kommen. Ich konnte nicht mehr über ihr kauern und fiel in ihre Arme. Beide in den Nachwehen der Orgasmen zuckend, küssten und liebkosten wir uns, dabei konnte sie gar nicht aufhören sich bei mir zu bedanken ...

Dies war leider das einzige Mal, weil sie kurze Zeit später wegzog, aber das war vielleicht auch besser so, denn eine Wiederholung wäre bestimmt nicht wieder so aufregend gewesen, und so bleibt mir eine wahrhaft einzigartige Erinnerung.

Die Frau meines Freundes

Ich erinnere mich an ein verrücktes Erlebnis von vor etwa 15 Jahren, als ich im Sommer in meiner Heimatstadt zu Besuch war und dabei auch bei meinem alten Freund Hans vorbeischaute. Meine damalige Frau war diesmal nicht mitgekommen, weil sie arbeiten musste, außerdem tat uns eine Auszeit auch mal ganz gut.

Ich kannte ihn schon seit der Schulzeit, er war an der dortigen Uni und hatte gerade seinen Doktor in Chemie gemacht. Seine Frau war etwas älter als wir beide, sie hatten eine kleine Tochter, die damals gerade eingeschult worden war. Wie üblich traf ich so gegen 16 Uhr ein, zunächst plauderten wir über alles, was in dem Jahr seit unserem letzten Treffen so passiert war, dann gab es ein ausgedehntes Abendbrot.

Mir war schon immer aufgefallen, dass seine Frau Sandra für ihr Alter noch sehr attraktiv war, nun schien sie sogar noch abgenommen zu haben, denn bei der stürmischen Begrüßung konnte ich sie mit ihren 1,65 leicht hochheben und mich mit ihr um meine Achse drehen. Dabei spürte ich ihren festen Körper durch das dünne Sommerkleid, das beim Gehen sehr vorteilhaft um ihre Beine wehte, außerdem bemerkte ich gleich, dass sie keinen BH trug.

Zu vorgerückter Stunde, die Tochter war längst im Bett, verabschiedete sich Hans und ging schlafen, da er am nächsten Tag frühmorgens eine wichtige Konferenz hatte und durch den Stress seiner Arbeit sehr müde war. Dies war nicht unüblich, denn es ist in der Vergangenheit öfters vorgekommen und keiner hatte sich etwas dabei gedacht, wenn ich noch etwas länger mit Sandra beisammen saß. Natürlich bot ich jedes Mal aus Höflichkeit an zu gehen, aber keiner der beiden wollte je mein Angebot annehmen.

Dieser Sommer war sehr heiß und feucht, dazu wohnten die beiden im Dachgeschoss mit schrägen Wänden, so dass es bei ihnen auch spät abends noch sehr warm war. Trotz ihres luftigen Kleides musste sie sich immer wieder Luft zufächeln, sie zog unbekümmert den Stoff bis zu den Hüften hoch und zupfte am Oberteil, um wenigstens etwas Abkühlung zu bekommen. Wir hatten bei Kerzenlicht bereits zwei Flaschen Wein getrunken und waren bei der dritten, als ich sie mir etwas genauer ansah:

Sie war hellblond, hatte einen sportlich-kurzen Haarschnitt und von ihrem kürzlichen Urlaub eine schöne Sonnenbräune. Nun stehe ich zwar nicht auf dunkelhäutige Frauen, denn milchweiße Haut finde ich am erotischsten, aber Sandra hatte am ganzen Körper überall hellblonde Härchen, die im Kerzenschein goldenen glänzten ...

Die Hitze, der Wein und diese schwitzende Frau neben mir ließen es mir langsam eng in der Hose werden. Zwar saßen wir etwa einen Meter weit auseinander auf zwei Stühlen, aber ich meinte dennoch ihre Hitze auf meiner Haut spüren zu können. Sie war schon ganz schön angeheitert, als ich aus einer Eingebung heraus das Gesprächsthema auf Sex brachte und sie schließlich fragte, ob sie denn schon mal fremdgegangen wäre. Ich weiß nicht mehr, was sie darauf geantwortet hatte, denn in mir stieg ein wilder Entschluss auf, der mich kaum mitkriegen ließ, was sie sagte.

Ich wandte mich ihr direkt zu, schaute ihr in die Augen und als die Pause begann ungemütlich zu werden, sagte ich im normalsten Plauderton der Welt zu ihr:

"Ich möchte gerne mit dir schlafen."
Sie glaubte sich verhört zu haben, aber ich wiederholte meinen Wunsch.
Ich: "Ja, Sandra, ich möchte mit dir schlafen."
Sie: "Na, sag mal, du spinnst wohl? Ist dir der Wein zu Kopf gestiegen?!"
Sie zog sich das Kleid wieder runter und schien zu überlegen, wie sie auf diese überraschenden Wendung reagieren sollte.
Ich: "Du bist eine sehr schöne Frau und ich habe den Eindruck, dass du auch schon mal daran gedacht hast."
Sie: "Jetzt hör aber auf, du bist selber verheiratet, was soll denn der Unsinn?!"
Sie tat zwar sehr empört, aber auf die Idee aufzustehen und das Licht einzuschalten kam sie dann doch nicht.
Ich: "Es ist mir ernst, ich bin gerade total heiß auf dich."
Ich stand auf und trat vor sie, dabei bemerkte ich, dass sie einen kurzen Blick auf meine ausgebeulte Hose warf, dann kniete ich mich hin, sie weiter direkt anschauend. Sie richtete sich steif auf und rutschte auf ihrem Stuhl nach hinten. Jetzt sah ich im Kerzenschein deutlich, dass sie knallrot angelaufen war, außerdem atmete sie spürbar schneller.
Ich: "Keine Sorge, wenn Du nicht willst, fasse ich dich auch nicht an."
Sie: "Da kannst du sicher sein, mein Lieber! Jetzt setz dich wieder hin und wir vergessen die Sache. Wie kommst du nur auf solche Gedanken, deine Frau reicht dir wohl nicht?"
Ich beugte mich leicht vor und sagte in einem bestimmenden Ton:
"Ich werde mich weder hinsetzten, noch irgendwas vergessen, und du hörst mir jetzt gut zu:
Du hast recht, wir beide sind verheiratet, aber deswegen ist das Feuer der Leidenschaft nicht gleich für alle Zeiten erloschen. Und als *leidenschaftlich* kann man deine Beziehung mit Hans nun wahrlich nicht bezeichnen."
Sie: "Woher willst du ..."
Ich: "Erzähl´ mir nichts, ich habe Augen und Ohren! Ihr seid mir heute ein bisschen zu *höflich* miteinander umge-

gangen, um glaubwürdig zu sein. Ich wette, das war nur Show, und das es sonst völlig anders zwischen euch abläuft."

Sie entspannte sich ein wenig und räumte ein, dass in letzter Zeit die Dinge schwieriger geworden seien, dies aber kein Grund wäre, ihren Mann deswegen gleich zu betrügen.

Ich: "Du sprichst von *Betrügen*, ich rede von Liebe, von dir und mir, jetzt und hier. Übermorgen fahre ich wieder nach Berlin, und dann wird es so sein, als sei nie etwas geschehen, aber in diesem Moment kann ich nicht anders als dich mit jeder Faser meines Körpers zu begehren, denn du hast es verdient, dass sich ein Mann nach dir verzehrt und deinen Körper berühren möchte."

Dies gesagt, hob ich langsam meine rechte Hand und begann, an ihrem Kleid zu zupfen.

Sie: "Ich ... also ... das geht doch nicht."

Ich: "Es geht alles, wenn man will, und dass ich dich jetzt will hast du eben an meiner Hose gesehen. Und ich weiß, wie sehr du mich magst, wenigstens hast du das immer behauptet."

Sie: "Natürlich mag ich dich, aber, du großer Gott, wir können doch nicht hier ..., wo Hans und Rebecca nebenan schlafen ..."

Die tugendhafte Sandra überlegte also bereits die Möglichkeiten! Das nahm ich zum Anlass, mit meiner Hand sanft über ihren Oberschenkel zu fahren, was sie zucken und tief einatmen ließ. Sie legte ihre Hand stoppend auf die meine, aber ich nahm sie und begann sie sanft zu mir auf den Boden zu ziehen. Sie schaute mich an, als könne sie selber nicht glauben, was sie da gerade im Begriff war zu tun. Halb lächelnd, halb verzweifelt blickend beugte sie sich langsam vor.

Sie: "Aber wenn einer reinkommt..."

Ich: "Wir werden leise und vorsichtig sein, vertrau´ mir."

Sie war schon halb vom Stuhl runter, als sie den letzten Rest ihres Widerstandes aufbot und die Sache auf morgen verschieben wollte. Aber ich wusste ganz genau, dass es jetzt sein musste, denn bis dahin würde sie es sich gewiss anders überlegen.

Ich: "Hör auf dir Sorgen zu machen und lass dich von mir küssen. Du willst es ... ich will es ... lassen wir es geschehen ..."

Sandra rutschte vom Stuhl in meine Arme, zärtlich küssend und liebkosend sanken wir auf den Boden. Ihr Haar duftete wunderbar frisch nach Apfel, ihr schlanker Körper kam mir drängend entgegen, und die Nippel ihrer Brüste stachen hart durch den dünnen Stoff, der meine Hände nicht daran hinderte, die Hitze auf ihrer Haut zu spüren. Die Augen geschlossen, einander umklammernd, wollten sich unsere fordernden Lippen nie wieder voneinander trennen, als sie sich plötzlich entschieden löste und meinte:

"Also gut, aber es muss schnell gehen! Und sei bloß leise!"

Die Geilheit hatte sie jetzt endgültig gepackt, sie rappelte sich hoch, griff unter das Kleid und zog mit einer eleganten Bewegung ihr Höschen aus. Schnell streifte ich mir auf dem Rücken liegend die Hosen runter, als sie, nicht ohne einen geilen Blick auf meinen steinharten Lümmel zu werfen, sich auf alle viere nieder ließ, dabei mir ihre Rückseite zuwendend.

Sie: "Aber nur von hinten, sonst werde ich selber laut. Los, schnell!"

Mit meinen Hosen um die Knie hängend robbte ich an ihren prallen Hintern ran, schob ihr das Kleid über die Taille hoch und brachte meine suchende Eichel an den Eingang ihres Honigtopfes, worauf Sandra mir geil mit der Hüfte entgegenkam und sich so zusammenfügte, was sonst leider viel zu lang getrennt ist:

Hungrig schnappte sich ihr heißer Unterleib mein steifes Glied und zog es immer tiefer. Ich musste ein Aufstöhnen unterdrücken, und auch sie war schwer darum bemüht, möglichst leise zu sein. Zum Stoßen kam ich gar nicht erst, weil sie sich bereits für mich bewegte, geschmeidig ging ihr ganzer Körper vor und zurück, stieß fordernd gegen mich, dabei mit inneren Muskeln derart fest meinen schmatzenden Liebesknochen melkend, dass ich dachte, sie wolle mir mein Geschlecht aus dem Leibe reißen.

Auf diese Weise vögelten wir eine ganze Weile schwitzend und schwer atmend, jeder von uns versuchte so geräuschlos wie möglich zu bleiben, als sie sich schließlich atemlos aufbäumte und einen stillen, heftig zuckenden Höhepunkt bekam. Keuchend sank sie auf den Boden, aber ich war noch nicht auf meine Kosten gekommen, also kroch ich mit meinem Lümmel zu ihrem Kopf, drückte ihr wichsend meine pralle Eichel ins Gesicht, was sie kaum wahrnahm. Schließlich merkte sie, was ich vorhatte und wollte gerade protestieren, als es auch schon zu spät war:

Mit einem unterdrückten Stöhnen ejakulierte ich quer über ihr Gesicht bis in die Haare, das meiste samte ich aber über ihrem Mund ab, den sie automatisch aufmachte und mit der Zunge die Soße schleckte, die ich ihr reichlich zu trinken gab ...

Nach ein paar Minuten des Ausruhens verschwand sie ins Bad, um sich zu waschen. Ich ging dann auch bald, aber nicht ohne mich mit einem Kuss und einem Klaps auf ihren Hintern zu verabschieden. Soweit ich weiß, hat nie jemand etwas davon erfahren.

Meine Zahnärztin

Es war so vor zehn Jahren, da ist mir eine Zahnkrone raus-
gefallen. Keine große Sache, sie musste eben nur durch
meine Zahnärztin wieder festzementiert werden. Der
Termin lag für mich etwas ungewohnt, denn mittwoch-
nachmittags haben die Praxen eigentlich geschlossen, aber
ich meinte, dass mir entgegen gekommen wurde.
Denn ich kannte die Ärztin, Frau Dr. Schneider, schon seit
langem, sie war Ende dreißig, mittelgroß und schlank. Ihre
braune Kurzhaarfrisur unterstrich vorteilhaft ihre mädchenhaften Gesichtszüge, aber besonders hatten es mir ihre dun-
kelbraunen Augen angetan, die mich immer irgendwie
skeptisch betrachteten. Da ich selber Zahntechniker bin und
mich in ihrem Metier auskenne, war ich kein typischer Patient, sondern kommentierte gerne mit breitem Grinsen ihre
Behandlung, was sie manchmal ganz schön irritierte.
Zum Beispiel so: "Nö, Frau Doktor, das machen wir anders.
Auf dem Röntgenbild ist deutlich zu sehen, dass ..."
Oder ich bediente mich während der Wartezeit vor der Behandlung auf dem Stuhl wie selbstverständlich an den Apparaturen vor mir, indem ich mir mit den entsprechenden
Instrumenten im Sommer durch Pressluft Abkühlung verschaffte, und auch gerne mal eine neue Auszubildende mit
dem Wasserstrahl so lange quietschend durchs Zimmer
jagte, bis mich Frau Doktor durch den Lärm angelockt wieder einmal tadelnd zur Ordnung rufen musste.
Da war er immer, dieser misstrauische Blick, so als wüsste
sie mich nicht recht einzuschätzen, und sie befürchten müsste, dass ich mal zu weit gehen würde.
Und genau das tat ich an jenem Tag.
Bei der Praxis angekommen fand ich sie zu meiner Überö-
raschung geschlossen. Sie lag direkt an der Straße und war
früher ein Eckgeschäft, man konnte also direkt durch die
Fenster hineinsehen. Zwar waren die Jalousien geschlossen, aber ich erspähte drinnen doch Bewegung. Ich

klopfte und dann öffnete sich auch die Tür.

Frau Dr. Schneider sah mich erstaunt an: "Hallo Dankwart, ihr Termin ist doch erst morgen?"

"Ach, verdammt, da habe ich wohl den Tag verwechselt!" Schon wollte ich wieder gehen, da meinte sie:

"Was soll's, wenn sie schon mal hier sind ... ihre Sache geht ja schnell, also kommen sie rein."

Sie sei gerade mit dem leidigen Bürokram beschäftigt und deshalb froh über jede Ablenkung. Ich sollte schon mal ins hintere Behandlungszimmer vorausgehen, sie käme gleich. Da erst bemerkte ich, dass die Helferinnen bereits gegangen und wir beide allein waren.

Aber wie gesagt ging die Wiederbefestigung der Krone schnell, und als alles getan war und ich eigentlich vom Stuhl hätte aufstehen sollen, blieb ich einfach sitzen und grinste die Ärztin an.

Sie machte mich heute besonders geil, denn sie hatte mich während der Behandlung ein paar Mal mit ihrer Brust berührt, was mir die Hose ziemlich eng werden ließ. Nun war die Gelegenheit günstig, und ich wollte ausprobieren, ob mit ihr was ging.

"Wo wir gerade alleine sind, können wir doch auch noch ... was anderes machen ...", meinte ich zu ihr und leckte mir anzüglich die Lippen.

Sie glaubte, dies sei wieder einer meiner üblichen Scherze und tadelte mich auf die übliche Art:

"Ne, ne, das vergessen sie mal schnell wieder! Was sie auch Frivoles denken mögen, es wird jetzt Zeit, dass sie gehen!", erwiderte sie streng und wies zur Tür.

"Meine Gedanken sind nicht *frivol*", im Gegensatz zu dem hier.", und schon fasste ich ihr sanft auf den Oberschenkel. Sie rollte auf ihrem Hocker von mir weg und stand auf:

"Jetzt reicht's aber, Herr Peh, das ist kein Spaß mehr! Sie spinnen wohl?!", dabei wich sie zurück an den Arbeitsschrank mit den vielen Schubladen. Ich stand grinsend auf, riss mir das Papiertuch ab und warf es von mir. Dann ging ich auf sie zu und sagte:

"Ich bin schon seit langem heiß auf dich, und deshalb

werde ich dich jetzt schnappen!"
Mit einem Ausruf der Empörung rannte Frau Doktor Schneider aus dem Behandlungszimmer nach vorn zur Anmeldung. Ich hatte plötzlich eine Idee, wie ich mich ihr am besten nähern konnte, ohne ernsthaft gefährlich zu wirken: Ich ging sehr langsam, aber betont laut auftretend den langen Flur hinter ihr her. Die schweren Schritte meiner Westernstiefel dröhnten durch die ganze Praxis, und als ich schließlich in Zeitlupe vorne um die Ecke bog, saß sie am Tresen, den Telefonhörer unschlüssig in der Hand haltend. Natürlich hätte sie jederzeit durch die Eingangstür entkommen können. Hätte sie in der geöffneten Tür gestanden, um mich hinauszuweisen, wäre ich natürlich auch gegangen, aber das tat sie nicht.

Später hat sie mir verraten, dass es gerade meine langsamen lauten Schritte waren, die sie auf verwirrende Weise erregten. Eine ernsthafte Bedrohung war aus meinem Verhalten ja nicht zu schließen, deshalb zögerte sie auch mit dem Hilferuf per Telefon. Sie meinte, dass sie meine *Verfolgung* an einen ängstigenden, aber auch sexuell stark erregenden Traum erinnert hatte, in dem sie vor einer unbestimmten Bedrohung auf der Flucht war, aber irgendwie nicht recht vorwärts kam, während sich der Verfolger immer weiter näherte und sie ihm schließlich hilflos ausgeliefert war, als er begann sich unsittlich an ihr zu vergehen. Sie sei dann immer mit pochendem Herzen und einem seltsamen Ziehen im Unterleib aufgewacht, das sie zwar manchmal veranlasste, sich selbst Erleichterung zu verschaffen, die aber immer irgendwie unbefriedigend geblieben war.

Ich war nun fast am Tresen, als sie aufsprang und mit einem schwachen "Hilfe!" hintenrum zur Besucherecke floh. Nun schnitt ich ihr nicht etwa den Weg ab, sondern folgte langsam dem Pfad, den sie selbst gegangen war, um ihr zu signalisieren, dass sie die Situation in gewisser Weise kontrollieren konnte. Die Zahnärztin stützte sich auf einer Sessellehne ab und sah mich erschrocken und ungläubig an. Kaum war ich um den Tresen gebogen und nun wieder auf direktem Wege zu ihr, stürzte sie mit einem Keuchen wie-

der in Richtung des Ganges zu den hinteren Räumen. Sie kam allerdings nicht weit, denn kurz vor der Wand ging sie plötzlich laut aufstöhnend in die Knie. Sich den Unterleib haltend kroch sie mühsam weiter von mir weg. Es war klar, was da gerade mit ihr passiert war, ihre knallroten Wangen und die kleingewordenen Augen verrieten es mir deutlich.
Die Ärztin kam, sich an der Wand abstützend, heftig atmend wieder hoch und schaute sich nach mir um. Jetzt war in ihrem Blick deutlich ihre verwirrte Geilheit zu erkennen. Sie lief weiter in den ersten der drei Behandlungsräume. Die waren alle miteinander verbunden, und darin verfolgte ich sie jetzt. Durch diese heiße Situation hatte ich mittlerweile einen Ständer, der sich deutlich in meiner Hose abzeichnete. Sie begann das Spielchen auszureizen, indem sie mich um die Behandlungsstühle herum immer näher an sich rankommen ließ, bevor sie mit einem Aufschrei weiterlief. Hinten angekommen, ging es durch den Flur wieder nach vorn. Als ich nun langsam schreitend wieder zu ihr in das erste Zimmer kam, sah sie mit weit aufgerissenen Augen auf meine ausgebeulte Hose und keuchte mir atemlos entgegen:
"Zeig ihn mir, bitte, hol ihn raus!"
Ich blieb kurz stehen, zog mir den Reißverschluss runter und präsentierte ihr meinen steifen Schwanz und den prallgefüllten Sack. Mir auf mein Geschlecht starrend, wich sie erneut aufschreiend zurück. Sie berichtete mir später, dass es sie unglaublich anmachte, von einem bekleideten fremden Mann mit herausstehendem erigiertem Penis verfolgt zu werden ...
Erneut auf dem Flur angekommen, bog sie jetzt rückwärts in einen Seitengang ein, der bei ihrem Büro und den Toiletten endete. Zwei Meter vor mir ließ sich Frau Doktor Schneider stöhnend und keuchend rückwärts zu Boden sinken, mich und meinen aus der Hose ragenden Schwengel weiter anstarrend. Ich stellte mich zunächst breitbeinig über sie und ging dann in die Hocke, um ihr mit meinem steifen Pimmel quer über das Gesicht zu fahren. Sie ächzte und japste unter dieser perversen Misshandlung, griff mir

schließlich an die heiße Stange und stülpte ihren Mund über die pralle Eichel. Heftig atmend lutschte sie mir das Glied, als gäbe es kein Morgen. Nach einer Weile sank sie zurück auf den Boden und stammelte:
"Fick mich! Bitte ... fick mich ... fick mich ... oh Gott ... fick mich ...."
Sie wiederholte ständig halb besinnungslos ihre geile Bitte, während sie sich wie verrückt unter mir hin- und herwand, und ich ihr die weiße Arzthose runterzog. Ein süßes rosa, und an der speziellen Stelle sehr nasses Höschen war auch schnell weggezerrt, und schon lag ich zwischen ihren erwartungsvoll weit gespreizten Beinen. Wir küssten uns wild, feucht und heiß, als mein knallharter Schwanz schließlich an dem zappelnden Unterleib ihre geschwollene Liebeshöhle fand und sich darin vergrub. Frau Doktor kam mir mit ihren Hüften gierig entgegen, sie konnte ihn gar nicht tief genug hinein bekommen.

So auf dem Boden ihrer Praxis liegend, vögelten wir leidenschaftlich miteinander, bis sie plötzlich heftig stöhnend ihren zweiten Höhepunkt bekam. Es war so süß, wie sie quietschend und japsend neben meinem Ohr kam, mich dabei mit ihren Beinen umklammernd, damit ich ja bis zum Ende drin blieb. Aber ich hatte mich zurückgehalten, und als sie sich beruhigte, zog ich meinen Steifen aus ihr raus und wichste mich, um auf die hübsch gestutzte Muschi zu ejakulieren.

"Zieh Dir die Schamlippen auseinander, ich will dich da unten vollsauen!", wies ich sie an.

"Jahh, los, mach, spritz mich an!"

So angefeuert schoss ich auch bald heftig los. Sie spreizte mit beiden Händen ihre Liebeshöhle so weit es nur ging und empfing gierig meinen heißen Samen, den ich ihr reichlich zwischen die Beine gab und den sie auf ihrem ganzen Unterleib verrieb.

Im Anschluss schmusten wir noch einige Zeit, aber sie war nicht wenig verlegen über das Geschehene, so dass ich dann auch bald ging. Sie rief mich ein paar Tage später an, um sich mit mir ausführlich über das Ereignis auszusprechen. Als klar war, dass wir beide die Sache recht locker sahen und keiner die Absicht hatte irgendwelche Ansprüche zu erheben, bestellte sie mich zu einem weiteren *Behandlungstermin* am folgenden Wochenende, den ich gerne einhielt ...

Meine Zahnärztin / zweiter Teil

Während des Telefonats mit Franziska, Frau Doktor Schneider, war mir aufgefallen, dass sie ein wenig zu sehr darum bemüht war, nach dem Geschehenen wieder seriös und bestimmend zu wirken. Dabei war es doch gerade ihre verborgene Sehnsucht, sich in einer Ausnahmesituation gehen lassen zu können, weshalb sie während unseres ersten Beisammenseins so geil abgegangen war. Seltsamerweise leugnete sie auch ihren ersten Orgasmus, wegen dem sie anfangs zu Boden gesunken war, aber ich ging nicht weiter darauf ein. Sie wäre nach meiner Erfahrung nicht die erste Frau, die ein Problem damit hat, dass sie während eines sexuellen Kontaktes mehrfach kommt.
Zudem war mir nicht recht klar, was sie von unserem zweiten Treffen erwartete, denn eine bloße Wiederholung der Handlung würde keinem viel bringen. Sie erwähnte betont beiläufig die bequeme Couch in ihrem Büro, aber die Aussicht, mit ihr darauf eine normale Nummer zu schieben, machte mich nicht gerade an. Ich hatte den Verdacht, dass sie mir gegenüber diesmal die Oberhand behalten wollte, um sich selbst darin zu bestätigen, dass ihr schamloses und verdorbenes Verhalten nur ein Ausrutscher darstellte, und sie eigentlich doch die ehren- und tugendhafte Ärztin mit Selbstkontrolle war, als die sie im Alltag sonst immer

auftrat.

Also überlegte ich mir, wie ich sie erneut innerlich derart aus der Bahn werfen konnte, um so ihre unterdrückte Geilheit wieder an die Oberfläche zu bringen. Eine Zahnarztpraxis bietet ja so einiges an Möglichkeiten, zumal es bei ihr im hinteren Bereich auch noch ein kleines Labor für zwei Zahntechniker gab. Ich knobelte mir ein paar saftige Schweinereien aus, aber dafür musste ich sie gleich zu Anfang mit etwas schockieren, damit sie ihre tiefsitzenden Hemmungen überwinden konnte, denn sonst würde sie weder mitmachen, noch könnte sie es genießen. Ihr gegenüber ein wenig bedrohlich zu wirken kannte sie ja schon, das würde nicht mehr funktionieren, also musste ich schwerere Geschütze auffahren.

Ich beschloss also aufs Ganze zu gehen, aber sollte das schief gehen, würde ich mir wohl einen neuen Zahnarzt und einen guten Anwalt suchen müssen ...

Kaum klopfte ich am Sonntag an die Praxistür, machte Franziska auch gleich auf, aber als sie mich sah, entgleisten ihr sämtliche Gesichtszüge:

Nicht nur, dass ich eine komplette Polizeiuniform trug, nein, neben mir stand auch noch der befreundete Beamte, von dem ich sie mir geliehen hatte!

"Frau Doktor Schneider?", fragte ich ernst, "Guten Tag, wir müssen sie in einer wichtigen Angelegenheit sprechen."

Franziska starrte uns nur an und brachte keinen Ton raus.

Zu meinem *Kollegen* sagte ich: "Es ist wohl besser, wenn du im Wagen wartest, ich komme gleich."

"Das glaube ich auch." meinte er im geringschätzigen Ton, schaute Franziska von oben bis unten an und ging zurück zum Streifenwagen.

"So, können wir dann reingehen? Oder möchten sie das auf der Straße besprechen?" Ohne eine Antwort von ihr abzuwarten trat ich ein und schloss die Tür hinter mir. Die Tasche, die ich bei mir hatte, stellte ich an die Seite.

"Aber ...was ...?" stammelte sie und stand wie vom Blitz getroffen vor mir. "Nun, das kann ich ihnen sagen!", sprach

ich weiter geschäftsmäßig, "Uns liegt eine Anzeige vor, nach der sie ihre Stellung als Ärztin ausgenutzt haben, um ihre Patienten sexuell zu missbrauchen! Was sagen sie dazu?"
Wenn das überhaupt möglich war, wurden ihre Augen jetzt noch größer. "Aber du hast doch ...", brachte sie endlich raus und trat an mich heran.
"STEHEN BLEIBEN!" rief ich, machte einen Schritt zurück und griff an den Pistolenhalfter am Gürtel. Das war zwar nur eine Schreckschusswaffe, aber das wusste sie ja nicht.
"AN DIE WAND! FÜßE AUSEINANDER!" Mit der freien Hand schob ich sie vorwärts gegen die Mauer und brachte sie in Position. Routinemäßig tastete ich sie ab, drehte sie um und legte ihr Handschellen an. Dann führte ich sie zur Besucherecke, drückte sie in einen Sessel und setzte mich ihr gegenüber. All das ließ sie widerstandslos mit sich geschehen und schaute nun völlig verwirrt auf ihre gefesselten Hände. Dabei ist ihr sicher nicht aufgefallen, dass die eigentlich hinter den Körper gehören, aber sie sollte später noch etwas tun können.
Jetzt musste ich aber zügig weitermachen, denn sie durfte keine Zeit zum Überlegen haben.
"Das sollte doch wohl eben kein Angriff sein, oder?!" herrschte ich sie an. "Jetzt aber zurück zum Grund meines Besuches. Wie äußern sie sich zu dem Vorwurf der sexuellen Nötigung?"
Sie: "So was habe ich nie gemacht, ich meine, was soll das alles?"
"Ach, sind sie sicher?", fragte ich, stand auf und ging zu meiner Tasche, aus der ich einen durchsichtigen Beweisbeutel holte. Den legte ich vor ihr auf den Glastisch. "Dann ist das wohl auch nicht ihre Unterwäsche, die das Opfer nach der Tat zum Beweis an sich genommen hat?"
Sie starrte auf ihren rosa Slip, den ich mir nach unserer ersten Begegnung als Erinnerungsstück eingesteckt hatte.
"Jetzt mal langsam!", versuchte sie sich zu sammeln, "Wir beide haben doch..."

"Wir?", unterbrach ich sie, "Wir ganz sicher nicht! Sie meinen wohl meinen Bruder?"
Sie: "Was ...Bruder ...?!"
Ich: "Ja, genau! Und dieser Umstand ist der einzige Grund, weshalb ich jetzt mit ihnen hier rede und nicht auf dem Revier. Wir wissen doch alle ganz genau, was eine derartige Anklage für sie bedeuten würde, nicht wahr? Der Entzug ihrer Zulassung als Ärztin! Und eine vorbestrafte ehemalige Zahnärztin bekäme bestenfalls noch eine Stelle als Putzfrau. Wollen sie das? Oder können wir jetzt vernünftig miteinander reden, um die Sache unter uns zu regeln?"
Franziska tat mir jetzt fast ein bisschen leid, wie sie so hilflos da hockte und versuchte aus der ganzen Sache schlau zu werden. Einerseits war sie sich natürlich sicher, dass ich derselbe Mann war den sie schon länger kannte, aber andererseits hatte sie mein rigoroses Auftreten doch in Zweifel gestürzt, ob an der Sache nicht doch etwas Ernstes dran war. Denn ein sexueller Kontakt zu einem Patienten, und dazu noch in der eigenen Praxis, ist vom Gesetzgeber aus gutem Grunde verboten und konnte für sie tatsächlich unangenehm werden. Deshalb hatte sie danach auch Gewissensbisse bekommen und am Ende unseres heutige Treffens vorgehabt, die Verbindung zu mir möglichst unkompliziert zu beenden.
Und nun das! Ein Polizist (?!) saß vor ihr und konfrontierte sie mit ihrer Schandtat! Wer war überhaupt der Andere, der draußen im offensichtlich echten Streifenwagen wartete? Wo hatten die den her, wenn das alles nur ein Trick war? Da kam ihr plötzlich ein Gedanke: "Geht es hier etwa um Geld?"
Ich: "Das könnte ihnen so passen, es auf diese Weise aus der Welt zu schaffen! Nein, meine liebe Frau Doktor, Strafe muss sein, denn wenn wir die Anzeige nicht weiter verfolgen sollen, müssen wir schon sicher sein, dass sie ihre Lektion auch gelernt haben. Und das heißt, dass ich an ihnen das nachholen werde, was ihr Vater wohl des öfteren versäumt hat!"
Sie konnte kaum glauben, was sie da eben gehört hatte! Mit

einem Keuchen fragte sie: "WAS??? Sie wollen ... was?!?
Mir eine Tracht Prügel verpassen?? Ja, spinnst du denn?!?"
Ich: "Wir wollen mal nicht persönlich werden, klar? Entweder so oder wir gehen raus zu meinem Kollegen und fahren
aufs Revier, wo die Sache offiziell wird. Sie haben die
Wahl."
Das Entsetzen stand ihr jetzt ins Gesicht geschrieben. Mit
dieser erneut völlig unerwarteten Wendung, und vor allem
dem Erwähnen ihres strafenden Vaters, war sie nach all den
verwirrenden Ereignissen total überfordert, ihr Verstand
schaltete sich einfach ab. Und genau das hatte ich mit dem
ganzen Theater bezweckt. Jetzt konnte ich ans Werk gehen:
Ihr Verhalten bei unserem ersten Spielchen ließ deutlich erkennen, dass in ihr die Art von masochistischen Tendenzen
schlummerte, die bei Vorgesetzten, Chefs und Freiberuflern
häufig vorkommen. Das ist auch kein Wunder, denn im
Alltag müssen sie immer die starke *Führerfigur* sein, ständig Entscheidungen treffen und Angestellte anleiten, dieser
Stress hinterlässt bei empfindsamen Gemütern natürlich
seine Spuren. Dann wird es als totale Entspannung erlebt,
wenn man die Verantwortung mal für sich und den Rest der
Welt an einen anderen abgeben kann und sich völlig fallen
lässt, in dem man sich seinem Willen ausliefert. Viele haben aber Schwierigkeiten, sich dieses Bedürfnis einzugestehen, dann braucht es jemanden wie mich, der sie dort
hinführt:
"Sie werden kommentarlos genau das tun, was ich ihnen
sage, dann kommen sie vielleicht glimpflich aus der Sache
raus. Keine Sorge, es passiert ihnen nichts Schwerwie-
gendes, ich habe Frauen schon oft den rechten Weg gezeigt.
Wir fangen damit an, dass sie aufstehen und sich vor die
Anmeldung stellen."
Franziska glotzte mich mit einem leeren Blick an, aus dem
deutlich abzulesen war, dass sie zu keinem kritischen Gedanken mehr fähig war. Stumm wies ich zu der bezeich-
neten Stelle, um meiner Anordnung Nachdruck zu ver-
leihen, und sie stand auf, um ihr zu folgen. Dort angekommen stand sie einfach da ohne sich zu rühren oder etwas zu

sagen. Ich wartete zwischen den Anweisungen immer ein wenig, damit sie das Demütigende daran auch wirklich erleben konnte.

"Drehen sie sich zu mir um! ... Jetzt ziehen sie sich ihre Hose aus!" Ohne zu zögern knöpfte sie den Bund auf, öffnete den Reißverschluss und zog die weiße Arzthose runter, es war ein wenig schwierig mit den gefesselten Händen, aber schließlich hatte sie es geschafft. "Nun werden sie das Höschen bis zu den Knien runterziehen und es dort halten, wehe es rutscht zu Boden!"

Mit dieser Demütigung hatte sie jetzt doch Schwierigkeiten. Ich sah, wie es in ihr kämpfte, und wartete eine Weile, dann stand ich auf, ging zu dem großen Ladenfenster direkt vor ihr und nahm den Justierstab der geschlossenen Jalousien in die Hand. "Sie werden mir gehorchen, sonst öffne ich das hier, und jeder auf der Straße kann sie wie eine billige Schaufenster-Nutte angaffen, die halbnackt auf Freier wartet." Es war zwar sonntagmittag, und draußen kamen nur sporadisch Spaziergänger vorbei, aber dennoch tat meine Drohung ihre Wirkung. Die Zahnärztin, die noch vor einer Stunde fest entschlossen war, mir gegenüber ihre Seriosität wieder herzustellen, zog tatsächlich auf Befehl vor einem Mann in Polizeiuniform ihren Slip zwischen die Knie runter. Mit einem hochroten Kopf stand sie nun in einer weißen, langärmeligen Arztbluse und mit entblößtem Unterleib in ihrer Praxis, und ich sah, weshalb sie gezögert hatte: Sie war untenrum völlig glatt rasiert! Das hatte sie sicher für mich getan um mir den geplanten Abschied zu versüßen. Fast wäre ich auch weich geworden und hätte mich auf sie gestürzt, denn eine nackte Pflaume macht mich immer unheimlich geil! Aber ich musste den Ständer in meiner Hose auf später vertrösten, schließlich hatte ich noch eine Menge mit Franziska vor.

"Ja, das darf doch wohl nicht wahr sein! So eine Schweinerei!", schnauzte ich sie an, "Nein, eine Frau, die so etwas tut, kann ich nicht mehr siezen, du altes Ferkel! Schämst du dich denn überhaupt nicht?!" Sie schlug die Hände vor's Gesicht und wollte bestimmt am liebsten im Erdboden versinken, deshalb legte ich erst mal eine Pause ein.

"Du bleibst jetzt hier stehen und wartest, bis ich mir eine angemessene Bestrafung für dich ausgedacht habe, du Schlampe!"

Ich ging zu den hinteren Räumen, um Einiges für später vorzubereiten, dazu suchte ich nach einem Schlagwerkzeug, denn ihren Hintern nur mit der flachen Hand zu bearbeiten würde nicht reichen, außerdem tat sie einem nach einiger Zeit selber weh. Ich fand den Stützstock eines Gummibaums in ihrem Büro, der mit seiner Länge und Dicke sehr gut für meine Zwecke geeignet war. Nach etwa fünfzehn Minuten ging ich nun für die zweite Runde wieder zu ihr nach vorn.

Sie stand immer noch an der gleichen Stelle, allerdings hatte sie die Hände unten und versuchte ihre nackte Scham zu bedecken.

"Hoch mit den Händen! Und dort bleiben sie auch! Zieh die Bluse bis zum Bauchnabel hoch, man soll deine Schande deutlich sehen können!" Als Zeichen, dass es mir ernst war, ließ ich den Stock durch die Luft pfeifen. Sie folgte augenblicklich und schaute ängstlich auf das Instrument, das sie wohl sicher bald zu spüren bekäme.

"So, und nun will ich von dir Ferkel wissen, was du dir dabei gedacht hast!", beschimpfte ich sie, und wies mit dem Stock auf die kahle Stelle zwischen ihren Beinen.

"Ich dachte ... es gefällt dir.", kam kleinlaut von ihr.

"Ach, du hattest also vor, mich heute schon wieder in diener Praxis zu verführen, das wird ja immer schöner!" Ich wechselte jetzt zu meiner wahren Identität, denn die *Brudernummer* hatte ihren Zweck ja bereits erfüllt.

Ich: "Na warte, das werde ich dir austreiben, du perverse Fotze! Was bist du?!"

Sie: "Ich ... "

"Nein, so geht das nicht, du hast zu antworten, wenn du gefragt wirst!", meinte ich streng, und holte einen Stuhl aus der Besucherecke, dabei legte ich die Polizeimütze ab und zog auch das Sakko aus, denn gleich würde es mir damit zu warm werden. Ich zog die Ärztin zu mir runter während ich

mich setzte und brachte sie so mit ihrem zwischen den Beinen hängenden Höschen über meine Knie zu liegen. Zunächst gab ich ihr mit der Hand fünf Hiebe auf den nackten Hintern, die sie bereits jammern und zappeln ließen:
KLATSCH ... KLATSCH ... KLATSCH ... KLATSCH ... KLATSCH
"Also, was ist das für eine Frau, die sich die Möse rasiert, um da unten wie ein kleines Mädchen auszusehen?!"
Sie: "Sie ist eine ... perverse ... Fotze."
"Ja, genau! Und was macht man mit solchen Frauen?!"
Sie: "Man ... verachtet sie."
"Ja, und vor allem züchtigt man sie! Und ... KLATSCH ... was ... KLATSCH ... mache ... KLATSCH ... ich ... KLATSCH ... mit ... KLATSCH ... dir?!" ... KLATSCH
Sie (erneut jammernd, aber nun folgsamer): "Du züchtigst mich."
"Also, was bist du dann?!"
Sie (leise): "Ich bin eine ... perverse Fotze."
"Lauter, ich kann dich nicht hören!"
Sie: "ICH BIN EINE PERVERSE FOTZE!"
Ich stellte sie wieder vor mich hin, blieb aber selber sitzen. Den Schlüpfer, der ihr runtergerutscht war, zog sie von selber wieder auf Kniehöhe, schnell hob sie auch wieder die Bluse, um sich gemäß meiner Anweisung zu entblößen. Na also, das klappte doch ...
"So, nachdem wir das geklärt haben, kommen wir zu deiner Unart Patienten zu verführen. Macht das eine anständige Ärztin?"
Sie: "Nein."
"Sehr richtig, so etwas macht nur eine verachtenswerte Ärztin. Also, was bist du?"
Sie: "Ich bin eine verachtenswerte Ärztin."
"Und was macht man mit Frauen, die sich nicht zu benehmen wissen?"
Sie (ängstlich): "Man ... züchtigt sie."
"Genau! Also dreh dich um und lehn dich auf die Anmeldung, gleich bekommst du es mit dem Stock!"
Sie tat, wie ihr geheißen, präsentierte mir ihren nackten

Arsch und wartete demütig auf ihre Züchtigung. Ich stand nach einer Weile auf und stellte mich neben sie. Ihre Handschellen klapperten auf dem Tresen, weil sie aus Furcht vor dem kommenden zitterte. Auch ihre Knie schlotterten, also mussten jetzt einige wenige Hiebe reichen, ich wollte sie ja nicht gleich bei ihrer ersten *Sitzung* überfordern.

"Du sprichst mir jetzt nach: Ich bin eine perverse Fotze!" Dabei holte ich weit aus, um den Stock ordentlich pfeifen zu lassen und schlug zu ... ZACK

Sie: "AU!, ... Ich bin eine perverse Fotze!"

Ich zählte nach ihren Antworten in Gedanken immer bis zehn, damit sie auch alles gut begriff.

"Ich bin eine verachtenswerte Ärztin!" Pfeif ... ZACK

Sie (weinend): " Ich bin eine verachtenswerte Ärztin!"

...

"Ich habe es verdient, gezüchtigt zu werden!" Pfeif ... ZACK

Sie (tränenerstickt): "Ich ... habe ... schluchz ... es verdient, gezüchtigt ... schluchz ... zu werden!"

...

"Ich werde nie wieder Patienten verführen!" Pfeif ... ZACK

Sie (laut heulend): " ICH WERDE NIE WIEDER ... PATIENTEN VERFÜHREN ... BUHUUHUUU!"

...

"So ist es brav! Ich hoffe, du vergisst das nicht wieder, sonst setzt es noch mal Hiebe!"

Ich löste ihr die Handschellen und schickte sie auf die Toilette, damit sie sich den schmerzenden Hintern mit Wasser kühlen konnte. Ihr Hinterteil war zwar gerötet und hatte ein paar Striemen, aber schlimm war es nun wirklich nicht, es war wohl eher der Schrecken, der sie hatte losheulen lassen. Ich ging derweil in ihr Büro und wartete auf dem Sofa gespannt ab, wie sie reagieren würde, wenn sie in der Pause wieder zur Besinnung kam ...

Meine Zahnärztin / dritter Teil

Es schien bei ihr etwas länger zu dauern, also holte ich meine Tasche vom Eingang. Die Polizeiuniform hatte ausgedient, ich zog sie jetzt aus. Womöglich würde ich auch schneller aufbrechen müssen, als mir lieb war, denn bisher hatte ich Franziska zwar gut im Griff, aber es war durchaus möglich, dass ich mit ihr doch zu weit gegangen war, und sie mich gleich mit Schimpf und Schande rauswerfen würde.
Gerade hatte ich mich umgezogen, da hörte ich sie aus der Toilette kommen. "Wo bist du denn?", rief sie. Ich machte mich bemerkbar, und kaum war sie in den Raum getreten, wusste ich, dass ich gewonnen hatte: Zu Boden blickend schob sie sich seitlich durch die halboffene Tür, immer noch (oder wieder) mit dem Schlüpfer auf Halbmast und hochgehobener Bluse. Dann konnte also die dritte Runde beginnen:
"Komm mal her zu mir, meine Süße", meinte ich nun freundlich (und erleichtert!) zu ihr, "und stell dich hier hin." Trippelnd kam sie zu mir, und ich besah sie mir genauer. Das war nicht die Akademikerin Ende Dreißig, die als Ärztin den harten Alltag meisterte, nein, hier stand ein kleines Mädchen vor mir, dass gerade von Papa den Hintern versohlt bekommen hatte, weil sie unartig gewesen war. Ihr jugendliches Gesicht und die nackte Schnecke zwischen ihren Beinen verstärkten diesen Eindruck noch.
Mit den Worten "So, das brauchen wir jetzt nicht mehr." zog ich Franziska das Höschen ganz nach unten und ließ sie raussteigen. "Geht's dir gut, ist alles in Ordnung?", fragte ich sie fürsorglich.
Sie: "Na ja, mein Hintern brennt noch ganz schön ...", dabei zog sie eine süße Mädchenschnute.
Ich: "Zeig mal, dreh dich um." Ich strich sanft über ihre geröteten Bäckchen. "Och, so schlimm ist es doch nicht, das geht bald vorbei.", dabei pustete ich kühlend darüber.

"Hör mal", sprach ich sie an, und mein Engel wandte sich wieder zu mir, "ich möchte mit dir jetzt über das reden, was vorhin abgelaufen ist. Wenn du auf meine Fragen offen und ehrlich antwortest, werde ich mich danach zur Belohnung um dein kleines Pfläumchen kümmern, das du ja extra für mich rasiert hast, einverstanden?"
Sie: "Ich möchte aber auch was wissen."
"Ist gut, komm her.", dabei klopfte ich neben mir aufs Sofa. Sie kam zu mir und kuschelte sich gleich an mich. Ich nahm sie in die Arme und liebkoste sie, nach der ganzen Aufregung brauchte sie jetzt erst mal viel Zärtlichkeit.
Schließlich fragte sie: "Was ist denn mit dem anderen, ist der noch da?"
Ich: "Nein, er ist gleich wieder abgefahren. Das ist ein Kumpel von mir, von ihm habe ich die Uniform. Ich musste ihm versprechen, damit nicht noch mal auf die Straße zu gehen, wenn ich erst bei dir drin war. Deshalb habe ich auch die Klamotten zum Wechseln mitgebracht."
Sie: "Weiß er ... das alles von uns?"
Ich: "Nein, was glaubst du denn von mir?! Ich hatte ihm nur gesagt, dass ich dir einen Schrecken einjagen wollte. Er weiß weder von unserer ersten Begegnung, noch erfährt er irgendetwas von heute oder sonst wann."
Das beruhigte sie wohl erst mal, denn sie entspannte sich spürbar und schmiegte sich noch inniger an mich, aber sicher war das nicht alles. Ich ließ ihr Zeit für weitere Fragen.
Sie: "Hast du das ernst gemeint...was du vorhin draußen zu mir gesagt hast?"
Ich: "Was meinst du?"
Sie (leise): "Na, das mit der ... Fotze."
Ich: "Nein, du bist doch meine Süße! Es tut mir auch ehrlich leid, dass ich dich mit dem ganzen Theater so überfallen habe, aber anders hätte es nicht funktioniert, damit du dich wieder so gehen lassen kannst wie beim ersten Mal."
Sie: "Das verstehe ich nicht, was meinst du damit?"
Jetzt war es Zeit, ihr gegenüber die Karten offenzulegen und sie über alles aufzuklären, was mit und vor allem in ihr vorgegangen war. Denn ich habe kein Interesse daran, mir

andere Menschen hörig zu machen und sie auf Dauer für meine Zwecke zu missbrauchen.

Ich: "Um dir das zu erklären, musst du erst mir ein paar Fraugen beantworten, dann wirst du schon verstehen. Was hast du empfunden, als ich dir befohlen hatte dich auszuziehen?"

Franziska überlegte kurz, dann sagte sie ein wenig vorwurfsvoll: "Mir war das furchtbar peinlich, besonders weil ich mich ja rasiert hatte, das war übrigens das erste Mal, dass ich so was gemacht habe."

Ich: "Und als du dort draußen alleine standest, wie hast du dich da gefühlt?"

Sie: "Ich weiß nicht, irgendwie war mein Kopf völlig leer. Wenn ich jetzt so darüber nachdenke, frage ich mich, warum ich das alles überhaupt mitgemacht habe."

Ich: "Ja, ich weiß, aber ich habe nicht gemeint, was du GEDACHT hast, sondern was du EMPFUNDEN hast, DAS ist das Wichtige. Mit meiner Theaterinszenierung, der Uniform, der Drohung dich anzuzeigen und der Ankündigung dir eine Tracht Prügel zu verpassen wollte ich ja gerade erreichen, dass sich dein Verstand aus Überforderung abschaltet, und du dann offen bist für die speziellen Emotionen, die aus den ganzen Vorgängen entstanden sind.

Also noch mal: Was ist gefühlsmäßig in dir vorgegangen, als du auf den Tresen gelehnt die Stockhiebe erwartet hast?"

Sie: "Ich hatte Angst, und ... da war noch was anderes. Mir zog es durch den Unterleib wie letztens, als du mich durch die Praxis verfolgt hast, oder davor, als ich diese Träume hatte, nur viel stärker. Ich wäre beinahe zu Boden gesunken!"

Ich war auf der Zielgeraden, das ging schneller als erwartet: "Also so ähnlich wie bei meiner *Verfolgung*, als du vorn am Eingang vor mir in die Knie gegangen bist. Würdest du nun dieses Empfinden eher als angenehm oder als unangenehm beschreiben?"

Sie: "Tja, zuallererst war es mal irre aufregend, denn ich stand wie unter Strom und wollte nur, dass es länger anhält und womöglich noch stärker wird ... irgendwie war es schon ziemlich geil, aber es war auch immer das Gefühl der Bedrohung dabei ..."

Ich wartete ab, denn ich konnte an ihrer Mimik ablesen, dass sie dabei war im Kopf eins und eins zusammenzuzählen.

"Ach! Du hast das alles heute angestellt, damit ich wieder dieses heiße Gefühl bekomme?!", platzte sie schließlich raus.

"Genau, darum ging es mir. Das Problem mit diesem Kick ist nämlich, dass einem meistens der Verstand im Wege ist, um es bewusst erleben oder gar auskosten zu können. Deshalb hast du es auch zuerst im Traum erlebt."

"JETZT verstehe ich!", meinte sie aufgeregt, "Aber woher wusstest du, dass ich auf deine *Verfolgung* abfahren würde?"

Ich: "Das wusste ich nicht, es war reine Intuition. Es hätte natürlich auch furchtbar schief gehen können, besonders wegen heute war ich besorgt, ob du mich nicht achtkantig rausschmeißen würdest."

Sie lehnte sich jetzt etwas zurück, um mir direkt in die Augen sehen zu können: "Ach, ehrlich? Das hätte ich nicht gedacht! Du hast so ... selbstsicher und bestimmend auf mich gewirkt."

Ich: "Das eine muss das andere ja nicht ausschließen. Wenn ich dir eine Seite von mir zeige, ist die andere ja nicht verschwunden, sondern nur im Hintergrund.

Mein Schatz, ich sage dir dies alles, obwohl es meine Chancen, dich längerfristig an mich zu binden, natürlich schmälert. Aber mir ist wichtig, dass du verstehst, dass dein Erleben dieses speziellen Kicks nicht von meiner Person abhängig ist, sondern du ihn natürlich ebenfalls mit anderen, oder auch alleine, bekommen kannst."

Franziska runzelte die Stirn: "Alleine? Wie denn?"

Aha, nun war ihre Neugier geweckt, also gab ich ihr ein paar Beispiele: "Ist doch ganz einfach, jedes Mal wenn man in die Achterbahn steigt, mit dem Bungee-Seil an den Füßen in die Tiefe oder mit dem Fallschirm sogar aus dem

Flugzeug springt, begibt man sich für unser Unterbewusstsein in tödliche Gefahr.

Man macht also etwas, von dem man eigentlich weiß, dass man es nicht tun sollte.

Auch Kleptomanen, Exhibitionisten oder Theaterschauspieler, die sich ja quasi einer großen Menge von Zuschauern schutzlos ausliefern, empfinden etwas ähnliches, auch wenn sie es nicht vordergründig als *sexuell* beschreiben würden, es bleibt doch der gleiche Ursprung. Der liegt anatomisch nicht etwa in den Geschlechtsorganen, sondern in den unteren Ausläufern des Rückenmarks, also im Steißbein. In grauer Vorzeit, als wir gerade mal Einzeller und Amöben waren, sollte uns dieser Mechanismus vor Gefahren warnen. Dieser *Schaltkreis* ist das älteste Unterscheidungsvermögen des biologischen Lebens; er lautet: WEG VON DER GEFAHR, HIN ZUR SICHERHEIT!

Da wir Menschen heutzutage aber mit dem Verstand beurteilen, ob etwas gefährlich ist, hat dieser Schutzmechanismus gewissermaßen seine Funktion verloren und ist überflüssig geworden. Aber er mischt sich immer noch in unsere Emotionen ein, wenn wir zwar wissen, dass die Achterbahn eigentlich sicher ist, er aber dennoch "ALARM! - LEBENSGEFAHR!" signalisiert. Und durch die Nähe des Auslösers zu den Geschlechtsorganen kommt es dann eben zu diesem angenehmen, prickelnden und in manchen Fällen auch aufgeilenden Gefühl.

Es ist diese lustvolle Emotion, die wir als Kleinkinder noch deutlich gespürt haben, wenn wir z.B. von den schützenden Eltern weggerannt sind, Unfug anstellt haben, in der spannenden Gefahr, dafür bestraft zu werden oder auch beim *Ich zeig' dir meins, du zeigst mir deins* taten wir etwas, das eigentlich verboten und unmoralisch war.

In der Pubertät wird es dann nach und nach durch die rein sexuelle Motivation überlagert, und das lustvolle an der Alarmmeldung gerät immer mehr in Vergessenheit; was eigentlich schade ist, denn es gibt nichts Geileres, als wenn man es versteht, beide miteinander zu verbinden, zum Beispiel so:

Bist du schon mal mit kurzem Rock ohne Höschen drunter auf die Straße gegangen?"

Sie (entrüstet): "Nee, das würde ich nie machen, da käme ich mir billig vor! Außerdem trage ich nur selten Röcke."

Zu dieser Antwort zog ich nur vielsagend ein paar Mal die Augenbrauen hoch.

Sie (grübelnd): "Meinst du wirklich ...? Machen diese Frauen das deswegen?" Die Süße war so in dieser Vorstellung versunken, dass sie wohl gar nicht bemerkte, wie sie begann sich leicht an ihrer nackten Spalte zu kratzen, außerdem blieb mir nicht verborgen, dass sich ihre Nippel jetzt hart durch den Stoff abzeichneten ...

"Na klar!", beantwortete ich ihre Frage, "Auch wenn es ihnen womöglich gar nicht bewusst ist, der Reiz liegt eindeutig in der Befürchtung entdeckt zu werden."

Und nach einer kleinen Pause setzte ich nach: "Soll ich mir mal anschauen, was dich da unten so juckt?"

Ertappt zog sie die Hand weg und bekam wieder einen hochroten Kopf, aber mein Lächeln ließ sie wieder mutiger werden: "Pah! Wenn sich sonst keiner drum kümmert ...!"

Das ließ ich mir natürlich nicht zweimal sagen, und kniete mich vor sie auf den Boden um mein Versprechen einzulösen. Verlegen grinsend schob sie den Unterkörper nach vorn an die Kante, zog ihre Oberschenkel ran und machte die hübschen Beine so breit es nur ging. Nach allen Regeln der Kunst reizte ich ihre empfindlichste Stelle ausgiebig, aber nicht übertrieben ausgedehnt, denn ich hatte noch einiges anderes mit ihr vor. Sie schmeckte phantastisch, und besonders genoss sie es, wenn ich mit der Zungenspitze ihr Pinkelloch massierte. Gerade war ich dabei, ihre kleinen, zarten Schamlippen mit meinen Schneidezähnen zu knibbeln, da kam sie kurz aber heftig.

Ein wenig schmuste ich noch mit ihrer Pflaume, dann meinte ich: "So, jetzt gehen wir beide ins hintere Behandlungszimmer das ich vorbereitet habe."

"Puh!", machte sie nach einer kleinen Pause, "Ich glaube, das reicht heute erst mal."

"Jo, jo," meinte ich höhnisch, um die Zügel mal wieder anzuziehen, "Was DU schon glaubst! Diesmal kommst du mir nicht mit einem einzigen Orgasmus davon, heute werde ich mehr aus dir rausholen!"
Ich schnappte die halbnackte Ärztin und hob sie auf meinen Armen hoch. "Was hast du denn vor?", fragte sie jetzt wieder unsicherer.
"Ich bringe dich jetzt rüber," antwortete ich zwar gelassen, aber wieder ernst und bestimmt, "und dort werde ich mich auf unerhörte Weise an dir sexuell vergehen. Du kannst mir entweder vertrauen und es genießen oder auch nicht, aber ich würde dich nur ungern fesseln müssen."
Erstaunt und auch erschrocken schaute sie mich an, sie hatte wohl gedacht, dass mit der Aussprache zwischen uns alles wieder normal wäre, aber da hatte sie sich schwer getäuscht. Ich war mit ihr doch nicht so weit gekommen, um einfach mittendrin aufzuhören, außerdem war ich auch viel zu geil auf das, was ich mit ihr vorhatte! Jetzt würde der Spaß erst richtig losgehen!
Mit ihr auf den Armen immer noch im Büro stehend, wies ich sie an: "Dreh den Kopf zur Seite, ich will dich markieren!"
Sie: "Häh ...?"
Ich: "Los!"
Sie tat es, darauf biss ich ihr mit einem Knurren in den Hals und verpasste ihr einen gewaltigen Knutschfleck. Sie rief zwar: "Nicht!", aber jetzt gab es für mich kein Halten mehr, die vierte Runde begann!

Meine Zahnärztin / vierter Teil

Vorsichtig, um nicht irgendwo anzustoßen, ging ich mit Franziska auf den Armen in den *Raum der tausend Qualen*, was jeder bestätigen wird, der nur sehr ungern zum Zahnarzt geht. Dort legte ich sie auf den Arbeitsschrank mit den vielen Schubladen. Ich hatte bereits zuvor seinen vorderen Bereich abgeräumt, um für sie Platz zu schaffen.
"Iiihh! Das ist aber kalt!", maulte sie mich mit vorwurfsvollem Blick an, dabei ihre rote Stelle am Hals reibend.
"Stell dich nicht so mädchenhaft an!", entgegnete ich streng, "Ich kann dir ja auch noch mal den Hintern versohlen, dann wird dir ganz schnell wärmer!"
"Nein, nicht!", rief sie erschrocken und rutschte schnell mit dem Po gegen die Wand, um ihn in Sicherheit zu bringen. Diese Szene war so süß, dass mir ebenfalls ein heißes Ziehen durch den Unterleib schoss. Denn eigentlich wollte alles in mir diese hübsche schlanke Frau, die mit ihren nackten sexy Beinen und den kleinen, festen Brüsten nur in einer Arztbluse bekleidet vor mir lag, schützend und liebkosend in die Arme nehmen, um zärtlich mit ihr zu schlafen, aber das wäre für beide längst nicht so geil gewesen wie das, was noch folgen sollte.
Dieser Gedanke brachte mich auf zwei Sachen: Erstens hatte ich sie noch gar nicht *Oben ohne* erlebt, und zweitens musste ich ja unbedingt noch was tun: Als Vorwand fragte ich sie, ob sie Durst habe, was sie verneinte; ich aber nahm den Spülbecher vom Stuhl, um selber zu trinken und schluckte dabei unauffällig eine Pille ...
Meine Gespielin hatte sich jetzt halb auf der Seite liegend eingerichtet, also konnte es losgehen: "Heb dein oberes Bein an und bleib so, ich will ständig auf deinen gesamten Intimbereich zugreifen können!"
Sie wurde zwar wieder rot und biss sich auf die Unterlippe, folgte aber dennoch meinen Anweisungen und präsentierte sich höchst unanständig, was blieb ihr sonst auch anderes

übrig? Mit meinem Biss in ihren Hals hatte ich deutlich signalisiert, dass ich für sie stets unberechenbar blieb und jederzeit zu harten Maßnahmen bereit war.

Und das mein Verhalten seinen Zweck erfüllte sah ich im Augenwinkel an ihren erneut harten Nippeln.

Ich ging zum anderen Ende der Arbeitsfläche und holte einen großen Gipsanrührbecher aus Gummi. Als ich mich ihr wieder zuwandte, sah ich, wie sie mit geschlossenen Augen und versonnen lächelnd, halb schützend, halb streichelnd, von hinten durch die gespreizten Beine ihre Scham umfasste, und völlig in sich gekehrt war. Ich blieb stehen und ließ sie die Sache auskosten. Man muss sich mal vorstellen, dass dies hier ja ihr Arbeitsplatz war, wo sie tagtäglich mit den Helferinnen ihre Patienten versorgte! Und das Letzte, worauf man bei einer Zahnbehandlung normalerweise kommt, sind erotische Phantasien. Um sie nicht zu stören, setzte ich mich leise in den Behandlungsstuhl. Sie würde sich bei Bedarf schon melden.

Ich hatte darauf geachtet, sie genau auf die Stelle des Schrankes zu legen, auf der sie sonst in Ruhe die Karteikarte hinter dem im Stuhl wartenden Patienten bearbeitete, und worauf die neuen Brücken und Kronen vor dem Einsetzen abgelegt wurden. Dieses kleine Areal wurde von ihr also wegen der relativen Abgeschiedenheit unbewusst mit dem Attribut *sicher,* und durch das regelmäßig dort liegende Gold des Zahnersatzes mit *wertvoll* verknüpft.

Nun befand sie sich zum ersten Mal vollkommen in diesem Bereich, übertrug die damit verbundenen Eigenschaften automatisch auf sich selbst, und erlebte sich auf diese Wiese als wertvoll und in Sicherheit befindend. Dies brachte sie dazu, die Nacktheit (und damit Schutzlosigkeit) ihres Unterleibes und die eigentlich demütigende (weil unanständige) Spreizung der Beine als im Grunde *gut* und *richtig* zu empfinden und deshalb auch genießen zu können.

Gleichzeitig bot ihr diese erstmals betretene Sphäre eine völlig neue Perspektive auf ihren Arbeits- und Lebensalltag, und wie stark sie darin durch Stress, vermeintliche Zwänge, und die Erwartungshaltung der anderen fremdbestimmt war. Sie sah sich selbst in diesem Raum, wie sie sich manchmal ohne erkennbaren Grund plötzlich furchtbar schuldig fühlte und dann immer geradezu zwanghaft ihre letzten Handlungen auf Fehler überprüfte. Sie hörte, wie ihr bei der Behandlung häufig der Magen knurrte, weil sie wegen zu vieler Patienten einfach nie die Zeit fand etwas zu essen. Sie sah sich hier spät abends alleine hocken, wenn sie nach einem anstrengenden Tag aus Verzweiflung weinte, weil sie einfach nicht wusste, wie sie den nächsten überstehen sollte.

Sie sah ihren prügelnden Vater vor sich, der ihr immer das Gefühl gab, unzureichend und für ihn eine Enttäuschung gewesen zu sein, daneben ihren Schwachkopf von Ex-Mann, der nahtlos an dessen Stelle getreten war, der sie zwar nicht schlug, aber sie stattdessen mit Psychoterror noch stärker in ihrem Selbstwertgefühl schwächte, indem er ihr vorwarf, frigide und zu blöd zum Ficken zu sein!

Und zum Schluss sah sie mich, diesen seltsamen Typen, der sich von allen anderen, die sie bisher kannte, radikal unterschied, weil er sie gleich beim ersten Behandlungstermin unverschämt grinsend gefragt hatte, ob sie denn auch eine gute Zahnärztin sei, denn er habe nach zwei Ehen gewisse Schwierigkeiten, sich einer Frau noch einmal vertrauensvoll auszuliefern!

Wer war er? Was war er?! Ein gemeingefährlicher Spinner? Ein perverser Teufel? Der erste Wohltäter ihres Lebens? Oder alles zusammen? Kaum glaubte sie, ihn gut einschätzen zu können, schon zeigte er wieder eine völlig anderen Seite von sich. Es irritierte sie gewaltig, dass sie ihn als einzigen nicht mit ihren weiblichen Reizen manipulieren und einigermaßen unter Kontrolle bringen konnte, dieser Kerl schien einfach zu machen, was ihm gerade einfiel, andererseits war in seinem unberechenbaren Verhalten immer ein roter Faden zu finden, gerade so, als ob er einen Plan verfolgte, den niemand außer ihm verstand.

Er war neben ihrem Vater der einzige Mensch, der sie je geschlagen hatte, aber es war etwas völlig anderes gewesen, denn anstatt ihr was wegzunehmen, gab er ihr etwas!

Plötzlich riefen Furcht und körperlicher Schmerz keine bösen Erinnerungen an den Familientyrann von damals mehr wach, sondern sie verband damit neuerdings nur noch jene geile Lust, die er ihr gezeigt hatte. Es war so, als würde sie sich mit dieser neuen Empfindung an ihrem Vater rächen und ihm so entgültig alle Macht über sie entziehen. Wenn ihr etwas ähnliches doch nur auch mit ihrem Ex-Mann gelänge ...

Doch fürs Erste stellte sie sich die beiden, neben anderen unangenehmen Leuten aus ihrem Leben, in diesem Raum als Zuschauer vor, die hilflos mit ansehen mussten, wie sie hier schamlos mit nacktem Unterkörper lag und hemmungslos vor allen Anwesenden onanierte! Und je geiler sie wurde um so stärker verblasste die Vorstellung von ihnen, bis sie schließlich alle vollkommen verschwunden waren.

Jetzt gab es keine Grenzen mehr! Sie würde sogar endlich den Mut finden, ihren ebenfalls geschiedenen Nachbarn anzumachen, auf den sie schon lange ein Auge geworfen hatte.

Nach einer Weile, sie rieb sich inzwischen etwas intensiver, sagte sie plötzlich entschieden "Ja!", machte die Augen auf, zog die Hand zurück und schaute zu mir rüber. Gekommen war Franziska wohl nicht, also fragte ich, was sie damit meinte und stand auf.

Mit einem todernsten Blick, der vor Erregung funkelte, sagte sie: "Ich bin eine geile Fotze, und es ist mir in Zukunft egal, wie pervers das ist! Seit du angefangen hast, mich durch die Praxis zu verfolgen, fühlt sich meine ganze Haut an, als würde sie unter Strom stehen, in meinem Unterleib brennt dieses unglaubliche Ziehen, das mich fast um bringt. Es ist das Geilste, was ich je erlebt habe und ich will mehr davon!"

"Kannst du haben.", erwiderte ich grinsend, nahm eine Handvoll von der Masse im Gipsbecher und klatschte sie ihr zwischen die Beine!

Ich hatte bei meinen Vorbereitungen eine ganze Packung rosa Alginat-Zahnabdruckmasse angerührt und mit einem Trick dafür gesorgt, dass sie nicht fest wurde. Jetzt hatte ich reichlich von einer schmierigen und schleimigen Pampe, die garantiert unschädlich ist, denn was an der Mundschleimhaut eingesetzt wird, kann man sorglos auch für andere Körperöffnungen benutzen.

Sie ächzte zwar erschrocken auf, denn das Zeug war ja zunächst kalt, aber sie beschwerte sich nicht mehr, sie wollte nicht mal wissen, was es war, sie hatte offensichtlich endlich beschlossen mir vertrauen zu können. Meine Süße lehnte sich zurück, legte einen Arm über die Augen und genoss nur das neue Gefühl an ihrer Unterseite, wie ich sie da mit irgendwas völlig einsaute. Matschend und patschend massierte ich ihre Möse und ließ auch den Hintern nicht unversorgt, auf den ich es besonders abgesehen hatte. Dabei bemerkte ich, dass sie sich jedes Mal etwas verkrampfte, wenn ich an ihr Poloch kam.

"Nicht da, bitte.", sagte sie

„Tja", dachte ich, „das ist jetzt zwar nicht so schön, aber ändern kann ich es auch nicht!", und schob ihr meinen schleimigen Zeigefinger in einem Rutsch bis zum Anschlag in den Arsch!

Die Ärztin bäumte sich mit weit aufgerissenen Augen und Mund atemlos auf, und kam erst wieder runter, als ich ihn gleich langsam wieder rauszog. Sie holte Luft, wohl um etwas zu sagen, und schon steckte ich ihn wieder erbarmungslos rein!

Diesmal schrie sie laut, aber sicher nicht aus Schmerz, denn Finger und After waren so gut geschmiert, dass er problemlos reinflutschte. Ich blieb jetzt auch in ihr, um sie an das Gefühl zu gewöhnen.

"Du verfluchter Mistkerl!", fauchte sie mich an, ließ ihren Kopf aber gleich wieder nach hinten sinken; es war wohl nur der Schreck, der sie hatte protestieren lassen.

"Du wolltest mehr, du bekommst mehr!", gab ich zurück, und begann den Finger leicht hin- und herzudrehen.

Sie: "Aber erschreck´ mich doch nicht so, es war gerade richtig schön."

Zur Beruhigung steckte ich noch den Daumen mit viel rosa Schmiere in ihre Pflaume und begann die Wand zwischen meinen Fingern zu massieren. Außerdem rieb ich mit zwei Fingern der anderen Hand durch den ganzen klebrigen Schmadder ihre harte Perle, denn es galt jetzt, bei ihr erneut eine Hürde zu überwinden.

"Und es wird noch schöner, keine Sorge ...", meinte ich vielsagend. Es dauerte einen Augenblick, bis sie begriff, was ich damit meinen könnte, dann hob sie erneut den Kopf und starrte mich an: "Du willst doch nicht etwa ...?"

Ich: "Dein Hintern gehört heute noch mir, da kannst du sicher sein, Süße!"

Sie (verzweifelt): "Nein, nicht, das tut doch weh!"

Ich: "Nein, das wird es nicht, das garantiere ich dir. Entspann dich, ich weiß, was ich tue."

Mit einem Ächzen kippte die Zahnärztin nach hinten, schlug beide Hände vor's Gesicht und stöhnte unter ihnen hervor: "Oh Gott, worauf habe ich mich da nur einge-lassen?!", allerdings begann sie sich auch gleichzeitig leicht unter meiner Massage zu winden. "Und das Schlimmste ist, dass mich die Erwartung von dir in den Po gefickt zu werden auch noch geil macht (Na bitte!). Wenn DAS mein Ex wüsste ...!"

"Wieso? Wollte er auch?", fragte ich nach.

Sie (mit rhythmischen Beckenbewegungen und schwer atmend): "Er hat es mal versucht ... aber ich hab' ihm Eine geknallt."

"Na, lass dir das besser nicht bei mir einfallen!", entgegnete ich und zog mich aus ihr zurück. "So, jetzt müssen wir dich aber erst mal wieder sauber machen. Wo hast du Hand-tücher, ich hab keine gefunden."

"Och, schon Schluss?", kam von ihr bedauernd, und sie richtete sich vollständig auf. "WAS IST DAS DENN?!", rief sie nun doch entsetzt, als sie die rosa Schweinerei zwischen ihren Beinen entdeckte. Nach meiner Erklärung sackte sie nach hinten gegen die Wand, schlug eine Hand vor die Augen und jammerte: "Ich fasse es nicht, dieser Kerl macht mich wahnsinnig!", und wieder zu mir gewandt: "Wie sollen wir das denn wieder sauber kriegen, ich hab' doch keine Dusche hier?!"

"Also hast du nun irgendwo Handtücher, oder nicht?", ignorierte ich ihre Aufregung. Nach ihrem Hinweis fand ich welche und belegte damit den Behandlungsstuhl. Dann schnappte ich mir die ratlos blickende Ärztin und setzte sie darauf.

Sie (protestierend): "Hier drauf treiben wir es aber nicht, ich würde jedes Mal rot werden und könnte mich nicht konzentrieren, wenn ich morgen wieder arbeite!"

Von wegen *morgen arbeiten*! Wenn ich heute mit ihr fertig war, würde sie die nächsten zwei Tage nicht mal aus dem Bett kommen ...

"Das habe ich auch gar nicht vor.", beruhigte ich sie, dann setzte ich mich auf den Hocker, rollte zu ihr und schaltete die Einheit für Runde fünf an.

Meine Zahnärztin / fünfter (und letzter) Teil

Erst einmal brachte ich meinen Schatz mit dem Behandlungsstuhl auf meine Höhe, dann kippte ich sie in eine bequeme Rückenlage. Ich nahm ihr rechtes Bein und legte es auf meine linke Schulter, um erneut freien Zugriff auf ihre Unterseite zu haben. Die Lampe strahlte genau zwischen ihre Beine, ich nahm den Sauger, aber er lief nicht. Fragend schaute ich sie an, und sie zeigte mir, wie er anzuschalten war.

"Ich frage gar nicht erst, was du vorhast.", resignierte sie, und versuchte sich zu entspannen. Da erinnerte ich mich an ihre Brüste und beschloss, dass es Zeit war, sie kennenzulernen: "Wo hast du 'ne Schere?"

Sie zeigte mir wo und ich holte sie, dann zog ich bei ihr

Bluse und T-Shirt an den entsprechenden Stellen hoch und schnitt passende Löcher hinein.

"Das ... ist ... ja wohl ... die Höhe!", schnappte sie atemlos und starrte auf ihre nun freiliegenden Äpfelchen, aber ich beschäftigte mich bereits mit ihren entzückenden Brustwarzen, an denen ich die Sender neu einstellte, bis sie so hart wie Radiergummi waren.

"Du verdammter Schuft! Gib´s zu ... du benutzt mich nur ... für deine kranke Lust"!, brachte sie erregt atmend hervor.

"Ja.", antwortete ich und nahm den großen Sauger, um den rosa Schleim zwischen ihren Beinen zu entfernen. Mit laut schlürfenden Geräuschen saugte ich gewissenhaft alles von Po und Vagina, was meine Kleine ganz schön ins Zappeln brachte. Um auch noch alle Reste entfernen zu können, besprühte ich ihren Unterleib aus dem Schlauch zunächst mit Wasser, um es gleich wieder zusammen mit den Rückständen wegzusaugen. Das funktionierte so gut, dass ich es auch gleich an ihren Nippeln probierte. Allerdings saugte sich das Instrument ständig an ihnen fest, so dass ich es nur durch festen Zug wieder losbekam. Jetzt hatten sie fast die Größe kleiner Finger, und ich nuckelte erst mal ausgiebig daran.

Wie ich wusste, befanden sich allerdings noch Rückstände in ihrer Scheide, aber um diese erreichen zu können musste ich mit den Apparaturen wohl oder übel tiefer eindringen. Ich benötigte dazu jedoch einen freies Operationsfeld, also verließ ich kurz den Raum, um etwas aus meiner Tasche zu holen.

"DAS KANN DOCH WOHL NICHT DEIN ERNST SEIN!?", platzte es entrüstet aus ihr heraus, als sie in meiner Hand ein Spekulum aus transparentem Kunststoff erblickte.

"Ich bin gerne gründlich; wir wollen doch nicht, dass dein nächster Lover seinen Pimmel schweinchenrosa eingefärbt aus dir rauszieht.", gab ich mich vernünftig.

"Pah, was denkst du denn von mir?!", kam von ihr beleidigt.

Ich: "Nur das Beste, und ich wette, du hast während deiner

Wichserei vorhin bereits jemanden bestimmtes ins Visier genommen, gell?"

Peng, da war sie wieder, ihre knallrote Bombe! Jetzt musste ich mich einfach über sie beugen und zärtlich küssen, denn ich liebe es, wenn Frauen aus Verlegenheit rot werden. So etwas findet man(n) ja heutzutage kaum noch ...

"Es ist doch nicht etwa wieder ein Patient von dir?", fragte ich schließlich streng.

"Nein ...", kam von ihr zögernd zurück, "Ich ... will nicht darüber reden."

"Schon okay.", meinte ich, schmierte das gynäkologische Instrument mit Gleitgel ein, schob es vorsichtig in ihre Pflaume und spannte sie auf.

Ich schaute mich zunächst mal in ihr um: "Hmm, du hast eine leicht abgesenkte Gebärmutter, weißt du das?", meinte ich betont professionell, aber der geile Anblick ihres Inneren (und etwas anderes ...) ließ meinen Schwanz jetzt entgültig zum Stahlbolzen werden. Ewig würde ich diese Spielchen nicht mehr aushalten. Es wunderte mich sowieso, dass Franziska alles so gelassen hinnahm. Hatte ich sie etwa unterschätzt?

"Natürlich!", beantwortete sie meine Frage, "Schließlich gehe ich regelmäßig zum Gyn. Jetzt mach hin, es ist mir peinlich so offen dazuliegen! Und sei bitte vorsichtig!"

"Zu Befehl, aber ich muss schon alles rausbekommen.", ging ich zum Schein auf ihre Forderung ein, aber ich wusste jetzt, wie ich sie an ihre Grenzen treiben konnte, um sie für den abschließenden Analverkehr richtig schön locker zu bekommen: Ich würde mir so lange Zeit lassen, bis es ihr zuviel wird ...

Also richtete ich erst mal umständlich die Lampe ein, nahm den kleinen durchsichtigen Sauger mit den vielen Öffnungen rund um die Spitze, damit er sich in ihr nicht festsaugen konnte, und begann die Reste zu entfernen. Es war wirklich nicht viel und ließ sich auch leicht entfernen, aber das musste sie ja nicht wissen:

"Das ist eine ganz schöne Sauerei hier drin, tut mir leid, das muss ich erst mal einweichen.", log ich, und begann sie vorsichtig mit Wasser aus dem Schlauch zu benetzen. Dabei achtete ich darauf, dass ebenfalls ein paar Spritzer auf ihren Muttermund kamen, um ihre Reaktion darauf zu testen.

Sie zuckte zwar jedes Mal leicht dabei, aber beschwerte sich nicht, im Gegenteil, sie bewegte sich zunehmend erregter.

"Halt still!", wies ich sie an, während ich mit Wasserspender und Sauger lautstark in ihr zugange war. Nun ließ ich ihre Liebeshöhle zu einem Drittel volllaufen und musste natürlich erst mal wieder absaugen, dabei stützte ich mich an ihrem Äußeren ab, um mit dem Instrument nicht gegen ihren Gebärmuttereingang zu kommen, denn das würde sicher weh tun. So aber reizte ich mit den Vibrationen des schlürfenden Absaugens nur dessen direkte Umgebung und verschaffte ihr eine Empfindung, die sie sicher noch nicht kannte. Das funktioniert zwar nicht bei allen Frauen, aber ich hatte mal eine Freundin, die stand unheimlich darauf, dort stimuliert zu werden.

"Ooohhh ... hmmm ...!", kam von ihr erregt, "Was machst du ... denn da ...?"

"Ach, erregt dich das? Was sagt denn dein Gyn dazu?!", zog ich sie auf, und schon sah ich wieder ihre Ohren glühen. "So, jetzt noch die andere Seite.", kündigte ich an, und entfernte das Spekulum, um es nach erneutem Einschmieren diesmal quer einzuführen. Das war zwar überhaupt nicht notwendig, aber ich wollte an den Ausgang ihrer Harnröhre ran, der, wie ich zuvor mit meiner Zunge herausgefunden hatte, bei ihr sehr empfindlich war. Und kaum war ich mit dem Sauger ein paar Mal sanft darüber gestrichen, da schwoll der Ring um ihr Pinkelloch auch schon an.

"Warte, ich bin gleich fertig, nur noch die eine Stelle, da muss ich aber mit dem Finger ran.", log ich erneut, und begann die bewusste Stelle leicht kreisend zu massieren.

"Uuhh .... aahh ...!", machte sie, und zappelte jetzt gewaltig mit dem Becken.

"Also sag mal!", tadelte ich sie, während ich sie weiter mit

66

dem Finger quälte, "Gehst du bei den Untersuchungen auch jedes Mal so ab?!"

Nun hatte ich sie soweit: Ihre Geilheit und die von ihr bisher verdrängte peinliche Tatsache, dass sie beim Gynäkologen manchmal ungewollt erregt wurde, war nach den ganzen heutigen Ereignissen nun doch zu viel für sie. Schluchzend brach sie in Tränen aus und heulte was das Zeug hielt. Schnell befreite ich sie von allen Instrumenten, fuhr sie mit dem Stuhl in eine aufrechte Position und nahm sie sanft tröstend in den Arm.

Meine Süße beruhigte sich auch schnell wieder und schmiegte sich eng an mich. Jetzt war sie bereit für die letzte Runde. Allerdings dachte ich mit etwas Bedauern an den Katheter, die Vaginapumpe und das Reizstromgerät in meiner Tasche. Diese Sachen würden heute leider nicht mehr zum Einsatz kommen ...

Wieder nahm ich meine Kleine auf die Arme und trug sie für den Analverkehr zurück in ihr Büro.

Dort setzte ich sie auf das Sofa ab, die Tasche schob ich mit dem Fuß daneben. Während ich mir die Hosen auszog, sollte sie sich auf den Bauch legen und die beiden Kissen unter die Hüfte schieben, damit ihr Hintern etwas höher kam. Mein Ständer würde jetzt endlich was zu tun bekommen, wenn auch auf eine etwas ungewöhnliche Art.

"So, mein Schatz, jetzt wird es ernst!" meinte ich zu Franziska, die verstohlen auf mein steifes Glied schielte, holte das Gleitmittel raus und setzte mich zu ihr.

Es war ihr wohl doch ganz schön mulmig zumute: "Bitte, tu mir da nicht weh!", bat sie mich, als ich begann ihr Poloch einzuschmieren.

"Keine Sorge, ich bin vorsichtig und lasse dir Zeit dich daran zu gewöhnen.", beruhigte ich sie. Und mit einem Grinsen setzte ich nach: "Du wirst schon sehen, wie dir das gefällt."

Nachdem auch mein Schwanz vor Gel triefte, setzte ich die Kanüle der Plastikflasche an ihren Anus und bohrte sie sanft drehend ein Stück hinein, um ihr Inneres ebenfalls schön schlüpfrig zu machen.

"Bleib ganz locker und entspann dich, dann geht es schon.",
riet ich ihr. Zunächst drückte ich erneut meinen Zeigefinger
in ihren Hintern, das kannte sie ja bereits. Aber nun dehnte
ich sie auch leicht und ließ den Ringfinger bald vorsichtig
folgen. Dabei zuckte sie etwas und ich wartete erst mal,
bevor ich weitermachte. Einen Moment später merkte ich,
dass sie am After weiter wurde, und so konnte ich ihn boh-
rend und drehend für meinen Dicken vorbereiten.
Jetzt stand ich auf, bestieg sie von hinten, setzte an und
drückte leicht. Durch die gute Schmierung, und dass ihr
mittlerweile so ziemlich alles egal war, dauerte es nur kurz
und ich glitt mit meiner Eichel hinein.
"OH!", machte sie, und ich fragte, ob es ihr wehtat, aber sie
schüttelte nur den Kopf. Also fuhr ich nach einem Moment
der Gewöhnung damit fort, in sie einzudringen. Schön
langsam schob ich meinen Ständer tiefer und tiefer.
"AHHH ...!", kam von ihr, und diesmal brauchte ich gar
nicht erst zu fragen, ob es ihr gefiel, denn sie drückte mit
ihrem Hintern unterstützend gegen mich. Schließlich war
ich in voller Länge in ihren Po eingedrungen und verharrte
dort. Ich ließ mich auf sie sinken und entspannte erst mal.
Die Enge und Hitze ihres Inneren setzten mir ganz schön
zu, es war total geil, einfach nur in ihr zu stecken.
"Na, ist es nun schön?", fragte ich, und sie antwortete nur
mit einem "Hmmh ... hmmmh!"
"Ich bleibe jetzt so, lass dir Zeit und genieße es." flüsterte
ich meinem Weib ins Ohr. "Und wenn du magst, kannst du
dich ein klein wenig bewegen, je nachdem, wie es dir ge-
fällt."
Sie: "Ich bin so ... ausgefüllt ... es ist schön, dich so in mir
zu spüren.", dabei ruckte und zuckte sie etwas mit ihrem
Unterleib hin und her, um mich deutlicher zu fühlen.
Ich: "Bin ich dir zu schwer?
Sie: "Nein, es ist gut so, aber was ist mit dir, ich meine, wie
lange kannst du denn, wenn du dich nicht bewegst?"
Ich: "Das brauche ich nicht, dafür habe ich ja vorhin das
Viagra genommen."
"Was, echt?!", rief sie erstaunt, "Nur für mich? Das ist aber

lieb!"
"Na klar, denn stoßen kann ich dich ja nicht, das würde mit Sicherheit weh tun. Und nur so vom Drinstecken steht er mir nicht ewig."
Durch ihre Bewegungen war mein Schwanz ein wenig herausgerutscht, also drückte ich etwas, um wieder tiefer zu kommen.
"Hhhmmm ...", stöhnte sie genussvoll, "wenn du das ganz langsam machst, ist es richtig geil ... ich würde mich gerne streicheln, aber ich komme nicht ran ..."
"Das ist alles im Service inbegriffen.", grinste ich, "Heb dein Becken ein wenig an, damit ich drunter komme." Gleichzeitig mit ihr kam ich etwas nach oben, und schon war ich mit der Hand an ihrem geschändeten Honigtopf, der feucht, heiß und geschwollen war. Sanft massierte ich ihr die weiche Pflaume, was meine Süße schnell unruhig werden ließ.
"Naa, naa, ganz ruhig, wir wollen es doch schön lange genießen, gell?", besänftigte ich sie und verlangsamte meine Bewegungen.
"Uuhh ... das ist sooo geil ... ich weiß nicht, ob ich das nach allem lange aushalte ...", war ihre Reaktion.
So lagen wir etwa eine halbe Stunde aufeinander, ich, mit meinem dank Pille ewig stocksteifen Schwengel tief in ihrem Hintern, den ich gelegentlich wieder bis zum Ende reinschob und sie dabei an der Möse befummelnd, sie, die sich ständig leicht bewegte und das Ganze stöhnend genoss. Schließlich merkte ich, dass Franziska wohl nicht mehr warten konnte.
"So, jetzt habe ich noch eine Überraschung für dich.", kündigte ich das Finale an.
"Du großer Gott, was denn noch ...?!", stöhnte sie verzweifelt.
SSSSUUUUMMMMMMMMM, machte der Vibrator, den ich aus der Tasche geangelt hatte!
Sie: "Was ... ach du Schreck! ... Aber ... ?!"
Ich: "Sag nicht, du hast noch nie so ein Ding benutzt!"
Sie: "Nein ... ich mag die ... eigentlich nicht ...."

"Na, das wird sich gleich ändern!", stellte ich fest, und
schob ihn unter mir an ihre Vagina ran. Es war nur ein kleiner, einfacher Vibrator mit weicher Oberfläche, den ich
ziemlich stark einstellte, denn ich wollte auch etwas davon
haben. Ihr natürliches Gleitmittel, das reichlich floss, ließ
ihn dann auch problemlos in ihrer überreizten Pflaume verschwinden. Allerdings wurde es jetzt ein wenig schwierig
für mich, meinen Schwanz in ihrem Po einigermaßen ruhig,
und das Gerät gleichzeitig in Position zu halten, denn meine
Stute begann so wild zu bocken, als würde sie eingeritten
(Was in gewisser Weise ja auch der Fall war ...).
"Oooohhhh ... OOOHHH!! ... Hilfe! ... du ... geiler ... oooh
Gott! ... OOOOHHHH!!! ... ", ist nur ein kleiner Auszug
der Laute, die sie von sich gab, als sie durch zwei völlig
neue Empfindungen getrieben ihrem Höhepunkt entgegen
galoppierte:
Nicht nur das bisher unbekannte Gefühl des Vibrierens in
ihrem Lustkanal, das selbst mich noch durch die trennende
Wand in ihrem Körper furchtbar aufgeilte, sondern erst-
malig hatte sie auch noch einen steifen Schwanz in ihrem
Hintern, der sich durch ihre hektische Zappelei natürlich
ständig hin und her, und rein und raus bewegte!
So dauerte es auch nicht lange, und meine schwitzende,
keuchende und in Ekstase wirres Zeug stammelnde Zahnärztin vergrub ihr Gesicht unter mir zwischen Sitz- und
Rückenkissen des Sofas, um dort den extremsten Orgasmus
ihres bisherigen Lebens reinzubrüllen!
Dabei spürte ich an meinem Dicken ihren in Geilheit
krampfhaft zuckenden Schließmuskel, der mich ebenfalls
über die Kante trieb, und ich verschoss in ihrem Po eine
Extraladung Sperma, das nun schon so lange in meinem
Sack gekocht hatte!
Schließlich zog ich mich langsam mit einem Schmatzen aus
ihr zurück, und auch von dem summenden Freund befreite
ich sie, bevor ich mich neben sie sinken ließ. Wir kuschelten eine ganze Weile, bis mein Schatz wieder so weit bei
Kräften war, um auf die Toilette gehen zu können.
Es war ein Bild für die Götter, wie sie sich breitbeinig

watschelnd und spermatriefend zur Tür schleppte! Zumindest versuchte sie es, denn sie kam nur bis zum Schreibtisch, stützte sich darauf ab und bat mich, ihr schnell den Abfalleimer zu bringen. Ich dachte zunächst, ihr sei schlecht, aber die ersten Spritzer Urin, die sie nicht mehr halten konnte, ließen mich den Plastikpapierkorb unter sie halten, worauf sie befreit stöhnend alles laufen ließ, was raus wollte.

Das war soweit alles. Etwa einen Monat später rief sie mich an, um sich mit mir noch mal zu verabreden, diesmal aber zum Essen bei sich zu Hause. Davon will ich jetzt aber nur so viel erzählen, als dass wir dann im zweiten Teil des Treffens in ihrem Bett sehr liebevoll und zärtlich miteinander schliefen. Was jedoch damals zuvor geschah, kann man aus dem erwähnten Telefonat schließen:

Franziska: "Komm so um 18:00 Uhr, ich koche uns was Leckeres.

Ich: "Was gibt es denn?"

Sie: "Lass dich überraschen."

Ich: Alles klar, also bis dann, meine Süße."

Sie: "Warte ... könntest du ..."

Ich: "Was denn?"

Sie: "Ach, nichts ... oh Gott, ich schäme mich so!

Ich: "Na los, sag schon!"

Sie: "Würdest du ... vielleicht ... na ja ... einen Stock mitbringen ...?"

Die Stewardess

Anfang 2006 fiel mir beim Gang zum Briefkasten eine neue attraktive Mieterin auf. Sie war Mitte bis Ende zwanzig, durchschnittlich groß, sehr schlank und verdammt sexy. Leider ignorierte sie meinen Gruß mit einem Gesichtsausdruck, der deutlich machte, dass sie Typen wie mich nicht zur Kenntnis nimmt.

Dabei fiel mir auf, wie geschickt und sicher sie in ihren hochhackigen Pumps lief, gerade so, als trüge sie Sportschuhe. So etwas kennt man bei professionellen Tänzerinnen oder auch von Berufen, wo es auf die Wahrung der Balance ankommt, wie etwa Kellnerinnen.

Einige Zeit später sah ich sie dann einmal beim Verlassen des Hauses in der Uniform einer Stewardess, wie sie trotz hoher Absätze und des mitgeführten Rollis flink und sicher um parkende Fahrzeuge herumstöckelte, um dann graziös in das wartende Taxi einzusteigen.

Das beeindruckte mich doch sehr, und ich beschloss, sie trotz der vordergründigen Unerreichbarkeit im Auge zu behalten.

Nun bin ich kein Spanner, der ständig in seiner Parterrewohnung hinter dem Türspion und der Gardine lauert, aber das war auch gar nicht nötig, weil sie als einzige im Haus zu ungewöhnlichen Tages- und Nachtzeiten kam und ging, wobei ihre lauten, trippelnden Schritte und das charakteristische Quietschen des Rollkoffers kaum zu überhören waren. Dann schaute ich bei Gelegenheit doch mal raus und sah, dass sie in häufig wechselnder männlicher Begleitung war. Das waren den Uniformen nach Piloten unterschiedlicher Airlines, aber auch zivile *Anzüge* waren darunter, die durchweg luxuriöse Fahrzeuge fuhren.

Die Dame war ja ganz schön aktiv, und ich bin der Letzte, der Promiskuität verurteilt, aber dennoch schien sie mir nicht besonders glücklich dabei, denn sah ich sie kein einziges Mal lächeln. Im Gegenteil, sie begann die Wohnungstür zu knallen, und ihre Schritte im Treppenhaus wurden mit der Zeit immer lauter und hektischer; einmal nachts stapfte sie derart heftig die Stufen hoch, dass ich fast aus dem Bett gefallen wäre!

Für mich war klar, dass dies ein Ausdruck zunehmender Frustration und Aggressivität war, allerdings konnte ich kaum glauben, dass alle ihre Begleiter im Bett unfähige Nieten waren und es nicht vermochten, im *Nahkampf* ihre Gefühlswelt auszugleichen.

Aber womöglich bekam sie trotz ihrer zahlreichen Verhältnisse nicht das, was sie eigentlich brauchte ...

Selbstlos wie ich bin, überlegte ich, wie dem Mädchen geholfen werden könnte. Mich ihr auf persönliche Weise zu nähern hatte sicher keinen Zweck, denn dazu bin ich weder gutaussehend noch vermögend genug. Also musste es auf einem Umweg geschehen:

Ich schrieb ihr einen Brief, in dem ich mich vorstellte und ihr meine Beobachtungen schilderte. Zugleich wies ich darauf hin, dass, wenn sie kein Interesse hätte, dies die einzige Kontaktaufnahme sei, und sie keine weiteren Belästigungen zu befürchten habe.

Danach klärte ich sie über mein besonderes *Verhältnis* zu Frauen auf und beschrieb ihr anhand einiger vager Beispiele, dass sich ein Kontakt zwischen Mann und Frau keineswegs nur auf die übliche *romantische Beziehung* beschränken müsse, sondern so gut wie alles möglich sei, um die für jedermann (und jederfrau!) notwendige sexuelle Erfüllung zu erreichen.

Ausführlich legte ich ihr den psychologischen Aspekt des Sex dar und schrieb auch, dass es oftmals die verschütteten Erlebnisse aus Kindheit und Jugend, sowie kritische Alltagsverhältnisse sind, die uns dabei blockierend im Wege stehen.

Zum Schluss bot ich an, ihr gerne aus meiner Erfahrung heraus schriftlich ein paar Vorschläge zu machen, wie sich durch mein Zutun ihr Allgemeinbefinden verbessern ließe. Dazu bräuchte sie den Brief nur wieder bei mir einzuwerfen; vielleicht mit ein paar Anmerkungen über Dinge, die sie sich vorstellen kann oder auch völlig ablehnt. Allerdings sollte ihr klar sein, dass diese Vorschläge dann richtig zur Sache gehen würden und sexuellen (und für manchen perversen) Inhaltes wären.

Zunächst passierte gar nichts; einmal, als ich sie die Treppe herunterkommen hörte, tat ich so, als würde ich nach Post schauen, um ihr Gelegenheit zu geben, einen zweiten Blick auf mich zu werfen. Ich verhielt mich völlig neutral, aber sie brauchte diesmal in meiner Gegenwart auffällig lange, um ihre Sachen zu ordnen.

Zwei Wochen später fand ich dann im Kasten meinen Brief; darauf drei Anmerkungen von ihr:

Erstens wolle sie keine Gewalt, wie Fesselungen oder Schläge, zweitens keinen Geschlechtsverkehr und drittens möchte sie etwas machen, wobei sie ihre Uniform tragen könne.

Na bitte, damit konnte ich doch schon mal etwas anfangen!

Eine Woche lang ließ ich das, was ich bisher von ihr kennengelernt hatte, auf mich wirken und versuchte mir vorzustellen, worauf sie abfahren könnte. Dass sie keine Schläge wollte kam für mich nicht überraschend, denn schöne Frauen sind häufig sehr eitel was ihren Körper betrifft; da sind Striemen und blaue Flecken inakzeptabel. Auch den unerwünschten Geschlechtsverkehr konnte ich mir schon vorher denken, weil sie ja bereits reichlich Stecher an der Hand hatte, was ihr aber nicht wirklich etwas brachte.

Bald hatte ich sieben Schweinereien für sie ausgeknobelt, wobei ich mich hauptsächlich auf Willensunterwerfung und Demütigungen in Bezug auf ihren Arbeitsalltag konzentrierte. Eine Sache allerdings, die meinem kranken Hirn entsprang, erschien selbst mir als zu abartig, allerdings hatte ich in meiner Zeit am Flughafen ein paar Stewardessen kennengelernt, von der die eine mal im Vertrauen erzählte, dass gerade dies ein großes Problem für sie wäre.

Kaum war mein zweiter *Liebesbrief* bei ihr eingesteckt, bekam ich ihn auch schon zurück, und wie verlangt, hatte sie drei von ihr akzeptierte Vorschläge (auch den abartigen!) mit Nummern markiert um die gewünschte Reihenfolge des Ablaufs festzulegen. Unsere *Briefpost* ging dann noch ein paar Mal hin und her, um uns über alles zu verständigen, schließlich bat sie zur Klärung letzter Einzelheiten um ein Telefonat.

Dabei gab sie, Melanie, sich zwar sehr reserviert, aber aus der Stimme war deutlich ihre Aufregung herauszuhören. Ich konnte mir denken, wie sehr sie die Vorstellung unseres vereinbarten Treffens erregte, und musste mir ebenfalls Mühe geben, distanziert und professionell zu wirken, denn auch ich war jetzt irre heiß darauf, dieses sexy Ding endlich in die Finger zu kriegen!

Wir hatten die erste Session zwar detailliert abgesprochen, dennoch war mir klar, dass ich zunächst dafür sorgen musste, sie innerlich überhaupt erst mal dafür vorzubereiten. Denn ein bloßes Ausführen von Handlungen und Rollenspielen ist nur der äußere Rahmen; wesentlich wichtiger ist der psychische Faktor für das Erfüllen der Erwartungen und das Erreichen höchster Ekstase.

Und in diesem Bereich war Melanie eine *harte Nuss*, denn ihre Problematik, bei normalem Sex keine ausreichende Befriedigung erlangen zu können, kam ja nicht von ungefähr. Besonders irritierte mich ihre schnelle Antwort auf meine Vorschläge; es hatte den Anschein, als müsse sie schnell handeln, weil sonst ein anderer Teil von ihr doch alles wieder ablehnen würde. Ich hoffte, dass dies kein Hinweis auf eine schizoide Störung war, denn es wäre nicht das erste Mal, dass im Laufe einer SM-Beziehung psychische *Unausgewogenheiten* ans Tageslicht kommen.

Also nahm ich mir vor, Melanie besonders aufmerksam zu behandeln, um bei ersten Anzeichen derartiger Probleme sofort die Notbremse ziehen zu können.

Die Stewardess / zweiter Teil

An einem Sonntagnachmittag war es dann soweit: Sie klingelte bei mir zur vereinbarten Zeit und ich ließ sie erst mal ein wenig vor der Tür warten, bis ich öffnete, um ihr gleich von Anfang an zu signalisieren, dass sie während des Treffens keinerlei bestimmenden Einfluss auf mich und die Ereignisse hatte.

Mit einem nervös lächelndem "Hallo!" wollte sie gleich in meine Wohnung eintreten, doch ich blieb einfach im Weg stehen und fragte alltäglich: "Was wünschen Sie?"

"Äh ... ich ... was ...", kam von ihr, und schon war sie mit ihrem Latein am Ende. Egal, was sie sich vorgenommen hatte, um bei dem Ganzen einen Rest von Stolz und Würde zu bewahren; bereits durch meine ersten Demütigung war alles dahin. Zwar hatte ich ihr zuvor angekündigt, dass es auch zu unerwarteten Geschehnissen kommen würde, aber etwas mit dem Verstand wissen oder es am eigenen Leibe zu erfahren sind zwei ganz verschiedene Dinge.

"Haben Sie einen Termin?", fragte ich völlig unbeeindruckt von ihrer zweifellos attraktiven Erscheinung, um der mit ihrer Tasche unschlüssig im Treppenhaus dastehenden Stewardess eine Brücke zu bauen.

"Ja, Dankwart, natürlich, ich meine, wir ...", kam von ihr jetzt irritiert, aber ich unterbrach sie einfach: "Name?"

Sie sammelte sich jetzt und setzte wieder ihr bekannt arrogantes Gesicht auf, weil sie mit ihrem berufsmäßigen Lächeln bei mir nicht weiterkam: "Mein Name ist Melanie Plate."

"Nein!", entgegnete ich ernst, "Dein Name ist hier *Platte*, ist das klar?"

Mit diesem öffentlichen Dialog im Treppenhaus setzte ich sie natürlich unter Druck, denn es konnte jederzeit jemand vorbeikommen und nicht nur den seltsamen Inhalt unseres Gespräches mitkriegen, sondern allein die Möglichkeit in ihrer Uniform beim Betreten meiner Wohnung gesehen zu werden, wäre ihr bereits peinlich gewesen. Frauen mögen noch so wild durch die Gegend vögeln, sie bleiben dennoch immer auf ihren guten Ruf bedacht, auch wenn es nur darum geht, sich ausschließlich mit statusmäßig *hochwertigen* Männern einzulassen.

Sie bejahte meine Frage, um endlich in die Wohnung zu kommen, auch wenn sie meine Bezeichnung für sie offensichtlich verletzt hatte: Volltreffer!

Sie hatte nämlich nur eine sehr kleine Oberweite, und ich hatte darauf spekuliert, dass dies in der Jugend ein Problem für sie gewesen war, und ihr abgewandelter Nachnahme für Spöttereien missbraucht wurde.

"Mach´ die Tür hinter dir zu!", meinte ich und ging voraus ins Wohnzimmer. Melanie tat wie ihr geheißen und stellte die Tasche mit ihren Wechselklamotten im Flur ab.

"Setz dich!", wies ich sie an, und zeigte zur Sitzgruppe, aber als sie auf dem Sofa Platz nahm, korrigierte ich sie: "Nicht dort, dahin, Platte!", wobei es natürlich ganz egal gewesen wäre, wo sie zuerst hinwollte; es kam allein darauf an sie herumzukommandieren.

Nun saß sie also im Sessel, schlug mit herausforderndem Augenaufschlag elegant ihre schönen Beine in schwarzen Nylons übereinander, um gewohnheitsmäßig damit Eindruck zu machen, aber ich verließ einfach wortlos das Zimmer, ging ins Bad und pinkelte mich dort bei offener Tür betont laut aus, um ihr gegenüber eindeutig zu signalisieren, wie scheißegal mir ihre Kackstelzen waren.

Dann trank ich Leitungswasser, rülpste laut, füllte einen großen schweren Bierkrug unter dem Wasserhahn, und knallte ihn vor Melanie auf den Tisch. "Was anderes gibt´s nicht!", sagte ich und fläzte mich ihr gegenüber aufs Sofa. Ihren angepissten Gesichtsausdruck ignorierend, öffnete ich den obersten Knopf meiner Jeans, seufzte befreit und startete in der Stereoanlage eine CD mit dem nervtötenden Singsang von *Nusrat Fateh Ali Khan*.

Es hatte sich ganz sicher noch nie ein Mann derart gegenüber Melanie benommen, und ich legte eine kleine Pause ein, indem ich sie einfach nur gelangweilt musterte und den

Rhythmus der Musik mit beiden Händen auf meinem Bauch mittrommelte. So wollte ich ihr Gelegenheit geben, nach dem ersten Eindruck die notwendige Entscheidung zu treffen:

Bleiben oder Gehen?

"Ich glaube, wir vergessen das besser!", sagte sie entschlossen und stand auf.

"Geh´ nur, wenn du willst.", sagte ich gelassen, "Es warten ja genug *tolle Männer* auf dich, Platte."

"NENN MICH NICHT SO!!!", fauchte sie mich mitten im Zimmer stehend an. "Ich hasse das, so hat man mich damals in der Schule genannt!"

"Wirklich nur in der Schule ...?", fragte ich bedeutungsvoll. Erneut bereits auf dem Weg zur Tür fuhr sie herum und funkelte mich böse, aber auch verunsichert an: "Was? Woher ... willst du das wissen?"

"Ich weiß mehr über dich, als du glaubst.", reizte ich meinen Bluff aus, und deutete auffordernd zum Sessel.

Nach kurzem Zögern setzte sich die Stewardess tatsächlich wieder, ich hatte gewonnen! Jetzt brauchte ich sie nur noch reden lassen. Zuerst sich verhalten rechtfertigend, dann immer offener berichtend erzählte sie aus ihrem Leben; es war, als hätte sich von selbst ein Ventil geöffnet, so dass sie gar nicht anders konnte, als diesem wildfremden Mann private Dinge über sich zu offenbaren. Immer mehr drängte aus ihr heraus, und so gab sie mir die Informationen, die ich brauchte, um sie effektiv *behandeln* zu können.

Und wie ich heraushörte, hatte wieder mal der Vater einen wesentlichen Anteil an der verkorksten Psyche; es ist zum Kotzen, wie oft einem das bei Frauen begegnet!

"Aber warum erzähle ich das hier überhaupt alles, ist doch sowieso egal!", schloss sie ihren Redefluss mit einer selbstverleugnenden Floskel, um sich wieder zum Gehen aufzuraffen.

"Weil ich der einzige Mensch in deinem Leben bin, den das je wirklich interessiert hat!", gab ich knapp aber bestimmt zurück, und schlug damit die letzten Reste ihres anfänglichen Widerstandes kurz und klein. Melanie rutschte in sich gekehrt im Sessel hin und her. Sie schien zu überlegen, wie sie mein Argument entkräften könnte. Sie spulte ihr ganzes Repertoire an Übersprungshandlungen ab, um Zeit zu gewinnen und nicht unentschlossen zu wirken:

So strich sie sich ihren Rock glatt, fummelte an den Haaren herum, räusperte sich, schlug die Beine anders übereinander, blickte hektisch im Raum umher, fuhr mit der Hand über die Sessellehne, schoss ein gequältes Lächeln in meine Richtung ab, das sich im Zeitraffer über den Ausdruck der *Skepsis, Besorgnis* und *Verärgerung* schließlich zum strafenden *Ignorieren* wandelte; sie wippte mit der Schuhspitze und verschränkte die Arme, um sie gleich wieder zu öffnen, aber am Ende stand sie vor der bestürzenden Erkenntnis, dass ihr Gegenüber tatsächlich Recht hatte!

Reflexhaft stieg in ihr deswegen kalte Wut auf, denn wenn sie eines hasste, dann von einem Mann belehrt zu werden. Schnell wurde diese Emotion jedoch von dem abgelöst, was in psychischen Ausnahmesituationen immer als Letztes übrig bleibt: Hilflosigkeit.

Als ich Melanie eben dort ankommen sah, übernahm ich auch vordergründig wieder die Leitung: "Du weißt, dass ich damit richtig liege, und nachdem du das akzeptiert hast, werde ich dafür sorgen, dass es für dich in Zukunft keinerlei Bedeutung mehr hat. Doch bevor wir zu den verabredeten drei *Szenarien* kommen, möchte ich zunächst, dass du ein paar grundsätzliche Dinge lernst. Wir fangen mit dem Kommando *Grundstellung* an."

Ich stand auf und winkte ihr, mir durch den Raum zu folgen. "Du stellst dich hier neben die Tür, drehst dich zum Fenster und legst die Hände flach an die Seite!" Sie tat, was ich ihr sagte; von nun an würde ich wohl leichtes Spiel mit ihr haben. "Du bleibst aufrecht und ruhig stehen!", korrigierte ich sie, "Drück` die Knie durch und schau` geradeaus!" Nachdem sie ordentlich neben mir stand, musterte ich sie stumm eine Weile.

Hier war er nun, der fleischgewordene Männertraum, der mich in einer normalen Situation nicht mal mit dem Hintern ansehen würde. An jedem Finger zehn stattliche und wohlhabende Männer, die sie begehrten, und im Grunde alles richtig machten, um an sie ranzukommen, aber selbst im Erfolgsfall doch nur ihren Körper eroberten, weil sie mit ihrem typisch werbenden Verhalten eines niemals erreichen konnten: Melanies aufrichtigen Respekt.

Und wenn der Respekt gegenüber dem Partner fehlt, wird er früher oder später durch Geringschätzung ersetzt, bis schließlich irgendwann Verachtung daraus wird, die sich schnell auf das ganze andere Geschlecht überträgt. Dann stecken beide Seiten in einer Sackgasse, die häufig gar nicht bewusst wahrgenommen wird, sondern sich in Frustration und Resignation äußert, die wiederum zu Aggressionen führen wie bei der in meinem Wohnzimmer strammstehenden Stewardess. Wenn dann noch ein schwaches Selbstwertgefühl und unverarbeitete Traumata hinzukommen, ist die Hölle auf Erden perfekt, die im Extremfall zu Suchtverhalten, Psychosen, Mord und Selbstmord führt.

"Wie lange ...", begann sie, aber darauf hatte ich nur gewartet, also unterbrach ich sie schroff: "Die zweite Regel für dich lautet, dass du dich zunächst meldest, wenn du etwas sagen möchtest. Du hebst den Finger wie in der Schule und wartest, bis ich dir gestatte zu sprechen!"

Trotzig weigerte sie sich, dem gleich nachzukommen, und raffte sich erneut zu einem arroganten Blick auf, aber das würde ich ihr schon austreiben.

Es war jetzt Zeit, den sexuellen Aspekt des Treffens einzuführen, also ließ ich sie wieder im Sessel Platz nehmen, nahm die große *Mag-Lite*, verlangte, dass sie die Beine breit machte, und zielte mit der Taschenlampe auf ihren Intimbereich in der offensichtlichen Absicht, sie dort zu inspizieren. Nach einigem Zögern kam sie meiner Aufforderung nach, stellte im Sitzen die Füße in ihren Pumps nebeneinander und spreizte ein wenig die Schenkel. Vor ihr stehend konnte ich so natürlich nichts sehen: "Zieh die Beine an und lass mich darunter sehen!", dabei schaltete ich die Lampe an.

Es kämpfte in ihr, aber schließlich gehorchte sie. Ich leuchtete unter ihren Uniformrock und entdeckte, dass sie halterlose Strümpfe mit Spitzenrand und ein weißes Höschen trug. Ein wenig genoss ich diese Situation, dann befahl ich: "Grundstellung!", und wies zu der Stelle neben der Tür. Unwillig stöhnend stellte sie sich auch recht flott wieder auf. Direkt vor ihr stehend kam jetzt die Premiere des körperlichen Kontaktes, indem ich ihr unvermittelt zwischen die Brüste fasste, um zu prüfen, ob sie einen BH trug. Das ließ sie abwehrend zurück an die Wand taumeln, aber meine Hand folgte, packte an die Bluse, fand den Mittelsteg des Büstenhalters und zog sie daran wieder nach vorn.

Mit verkniffenen Lippen und abgewendetem Blick ertrug sie, dass ich sie am Stoff noch ein wenig befummelte. Dann trat ich einen Schritt zurück, ließ meine Augen über ihre ganze Gestalt wandern und begann, die Sache zu forcieren, indem ich ihr allen *Schutz* wegnahm, woran sie sich jetzt noch festklammerte:

"Nein, so gefällst du mir noch nicht! Alles was ich sehe, ist eine gewöhnliche Fickpuppe! Ich will aber den Menschen dahinter haben, also wirst du jetzt ins Bad gehen und dich dort komplett abschminken! Außerdem wirst du den Nagellack entfernen, sowie die Schuhe, Strümpfe, BH und deinen Slip ausziehen!"

Ohne jede Reaktion blieb sie stehen.

"WIRD'S BALD, SONST HELFE ICH NACH!!!", brüllte ich die Stewardess an, öffnete wütend meinen Ledergürtel, zog ihn aus der Hose und ...

"KLAPP", machte die Badtür, hinter der Melanie raketenartig verschwunden war.

Es ist schon sonderbar, dass sie sich zwar einerseits zu recht seltsamen Rollenspielen mit mir einverstanden erklärt hatte, aber andererseits diesen hartnäckigen Widerstand zeigte, wenn sie gehorchen sollte. Es war für mich das erste Mal, dass ich beim *Einarbeiten* einer Sub ohne Schläge auskommen musste, dennoch war ein Mindestmaß an Gewalt unumgänglich.

Ich hatte alles Notwendige besorgt, damit Melanie sich abschminken konnte. Diesen Schutz nahm ich ihr genauso wie die Schuhe, mit deren harten und spitzen Eigenschaften sie ihre Aggressionen ausdrückte, oder den Nylons, die stets eine stark einnehmende Wirkung auf Männer hatten. Nicht umsonst werden diese Attribute auch die *Waffen der Frauen* genannt.

Es dauerte etwa eine halbe Stunde, bis sie wieder aus dem Bad kam und sich von allein in die Grundstellung begab. Überprüfend fasste ich ihr an die Bluse und in den Bund des Rockes, der, wie mit ihr vereinbart, im ganzen ziemlich weit war, denn sie sollte ihn später problemlos hochziehen können. Ihre blassen nackten Beine passten überhaupt nicht zu der Uniformfarbe; sie machte jetzt einen recht jämmerlichen Eindruck.

Es kostete mich insbesondere einige Beherrschung, nicht auf ihr verändertes Antlitz zu reagieren, denn das Fehlen jeglicher Kosmetik hatte sie zu einer *normalen* Frau werden lassen. Es ist erstaunlich, was ein gutes Make-up bewirken kann; es war zwar nicht eigentlich so, dass sie an Schönheit eingebüßt hätte, aber dennoch machte sie den Eindruck, als hätte man in ihrem Gesicht das Licht ausgeschaltet.

Dabei wirkte ihr hochnäsiger Blick um so deplazierter, den sie missmutig aufgesetzt hatte. Aber den nahm ich mir als nächstes vor.

Ich griff sie am Oberarm, drehte sie um, und packte ihr fest mit der anderen Hand in den Nacken. Mit den Worten: "Ich zeige dir jetzt meine Wohnung." drückte ich sie mit dem Gesicht an die Wand, und begann sie so über die Tapete zu schleifen. Natürlich achtete ich darauf, sie nicht zu verletzen, als ich ihr verschiedene Wandteppiche *zeigte* und danach ihren Kopf minutenlang in die Raumecken drückte.

Zunächst sträubte sie sich nach Art eines *Was-tust-du-denn-ich-kann-dir-nicht-folgen* und versuchte sich erfolglos mit den Händen abzustützen, aber sie fügte sich schnell, als ich ihr das Bad *zeigte*:

Den Lichtschalter davor mit ihrer Nase betätigend, die Türklinke mit der Stirn niederdrückend, und sie mit der Wange quietschend über die Fliesen schleifend wurde sie immer kooperativer, denn so tat es ihr am wenigsten weh. "Klonk, klonk, klonk", machte es, als ich mit ihrem Kopf

82

den Heizkörper entlang ratterte. "Aua, au!", kam zwar von ihr, aber sie hatte jetzt den letzten Rest an Widerstand aufgegeben. Nun war es nötig, ihre Unterwerfung zu *fixieren*.

Dazu schob ich die ächzende Stewardess im Flur hinter einen Vorhang, wo ich einen großen Fernseher-Karton bereit hatte, und zwang sie dort hineinzusteigen. Ich drückte sie nach unten und verschloss ihr *Gefängnis* mit Packband. "Du bleibst hier drin, bis ich dich wieder raushole!", legte ich fest.

Einige Luftlöcher zur Wandseite vermieden zwar einen Sauerstoffmangel, aber dennoch war sie in dieser Ecke völlig abgeschlossen. Ich schaltete jetzt im Wohnzimmer die CD aus, die mir inzwischen selber auf die Nerven ging, und las etwa eine Stunde still in einem Buch, ohne dass ich auch nur das geringste Geräusch von Melanie hörte. Ich hatte darauf geachtet, dass sie keine Uhr dabei hatte, damit sie sich zeitlich nicht orientieren konnte. So musste ihr diese Stunde wie eine Ewigkeit vorkommen, in der sie mit leergefegtem Verstand auf die Erlösung durch mich wartete.

Und genau das war der Sinn der Sache: Ich wendete mit meiner Behandlung das Prinzip einer Gehirnwäsche an; die Demütigungen, die Entprivatisierung durch Wegnahme ihrer Schutzmechanismen, die Isolierung in einem fremden Bereich ohne die gewohnten Sinneswahrnehmungen. So blieb nur noch ein leerer und aufnahmefähiger Mensch ohne den Hemmnissen rationaler Denkmuster übrig, der bereit war, im Weiteren den Psycho-Müll aus seinem Unterbewusstsein loszuwerden.

Nur eine *Krücke* ließ ich ihr: Sie hatte lange hellblonde Haare zu einer kunstvoll hochgesteckten Frisur gebändigt; ihr auch noch die zu ruinieren hätte sie sicherlich überfordert.

Bei Frauen allerdings, die wenig oder gar kein Make-up benutzen, ist es ein bewährtes Mittel ihr Selbstbewusstsein zu ruinieren, indem man sie mit einer Wasser-Öl-Emulsion in den zerzausten Haaren wie einen räudigen Straßenköter aussehen lässt.

Ich traf noch ein paar Vorbereitungen, dann holte ich die blinzelnde Stewardess aus dem Karton, und befahl sie in die Grundstellung.

Mit völlig leerem Blick stand sie einfach nur da, und wartete auf meine nächsten Anweisungen. "Geht´s dir gut, hast du Durst oder musst du auf die Toilette?", fragte ich sie in einem fürsorglichen Ton, was sie alles durch mädchenhaftes Kopfnicken bejahte. "Dann geh ins Bad und mache dich frisch, danach fangen wir mit der Sitzung an."

Im Sessel sitzend betrachtete ich Melanie, die erneut in Grundstellung gegangen war. Die kleine Pause im Bad hatte ihr sichtlich gut getan, sie wartete jetzt mit offenem Blick auf den Beginn der ersten verabredeten *Szene*, und ihr beschleunigter Atem sowie die roten Wangen verrieten mir, dass sie heiß darauf war anzufangen.

"Komm herüber, zieh den Rock hoch und knie dich vor das Sofa!" Sie folgte willig meiner Anweisung, und jetzt begann für mich eine schwere Zeit, denn das geile Ziehen in meinem Unterleib wurde nun fast unerträglich angesichts des blonden Flaumes auf der vor Erregung rötlich geschwollenen Möse, die zwischen ihren weißen Schenkeln hervorlugte. Mein Schwanz bettelte mich an, ihn dort sofort reinzustecken, aber die bitter-süße Qual, es aus eigenem Entschluss nicht zu tun, übertrifft alle Geilheit, die ein normaler Fick erzeugen kann.

Also schmierte ich ihr Poloch mit Gleitgel ein, spritzte auch etwas mit der Kanüle hinein, machte den dünnen flexiblen Plastikschlauch schmierig, und führte ihn tief bei ihr ein. Dann begann ich sehr langsam und vorsichtig mit der am anderen Ende des Schlauches befindlichen Kinderluftpumpe, die normalerweise zum Aufblasen von Luftballons benützt wird, Melanies Darm mit Luft zu füllen.

Ein Schub sollte zunächst reichen, denn ich machte das auch zum ersten Mal und wollte sie in keinem Fall verletzen. Dann zog ich den Schlauch raus, und sie stand auf, streifte den Rock ihrer Uniform wieder runter und stellte sich mitten ins Zimmer. Ich setzte mich in den Sessel, schaltete die CD mit Kabinengeräuschen während eines Fluges an, die sie mir zuvor gegeben hatte, und genoss das Bild einer vor mir stehenden, attraktiven und hoch erregten Stewardess, die mit ihren glucksenden Gedärmen kämpfte, um schließlich einen lauten knatternden Furz zu lassen!

Das war es, was mir die bekannte Stewardess früher verraten hatte: Sie fürchtete sich unheimlich davor, dass ihr einmal während des Dienstes ein deutlich vernehmlicher *Wind* entfleuchte, denn während ihrer Tätigkeit im Gang eines Jets befand sich ihr Hintern ja ständig auf Kopfhöhe der Passagiere.

Und so ähnlich ging es wohl auch Melanie, sonst wäre sie kaum auf meinen abartigen Vorschlag eingegangen. Sie wand sich nun in Erregung, und mit aus Scham vors Gesicht geschlagenen Händen furzte sie weiterhin mein Wohnzimmer voll, während ihr die Geräuschkulisse aus der Anlage eine Alltagssituation im Flugzeug vorspiegelte.

Schließlich hatte sich der *Vorrat* verbraucht, und sie meldete sich mit geschlossenen Augen zu Wort, wobei sie sich weiterhin mit der anderen Hand auf einem Oberschenkel abstützte, denn sie konnte vor Geilheit kaum noch stehen.

Nach meiner Erlaubnis bat sie darum die Szene zu wiederholen, also pumpte ich sie erneut auf, allerdings verlangte sie diesmal nach mehr. Mit der doppelten Menge im Leib stütze sie sich auf den von mir geholten Barhocker, und begann wieder und wieder die Passagier-Anweisungen auf Deutsch und Englisch herunterzubeten, um den Echtheitseindruck der Situation zu verstärken.

Aber bald kam von ihr nur noch Gestammel, das von erregtem Stöhnen und Ächzen durchsetzt war, während sie pupte, was das Zeug hielt.

Am Ende verschwand Melanie ins Bad, und ich musste erst mal lüften, wobei ich mich bereits auf die zweite Szene freute ...

Sie ging aus dem Badezimmer zunächst in die Küche, wo für sie ein Obstsalat bereit stand, wie ich ihn auch bei der *Domina* als erfrischend erlebt hatte. Dann kam sie wieder ins Wohnzimmer und begab sich in Grundstellung.

Ich saß im Sessel und stellte nun im Weiteren einen Passagier dar, der einige Sonderwünsche an sie hatte. Als erstes imitierte ich mit einem gesprochenen "Biinng!" den Ruf für das Servicepersonal, worauf die Stewardess sofort zu mir trat: "Womit kann ich ihnen dienen?", fragte sie mich professionell. "Ich möchte etwas zu Lesen.", gab ich zurück, und Melanie brachte mir ein Hustler-Magazin.

Doch ich gab vor, aufgrund trockener Finger die Seiten der Zeitschrift nicht umblättern zu können. Deshalb winkte ich Melanie zu mir und verlangte, dass sie meinen Zeigefinger nass lutschen sollte.

Meinen Ellenbogen auf der Sessellehne abstützend hielt ich den Finger hoch, worauf sie sich bückte und ihn in den Mund nahm. Sie brachte jedoch vor Erregung kaum Speichel zusammen, so dass ich verlangte: "Wenn es so nicht geht, dann musst du ihn mir eben anders nass machen."

Daraufhin stellte sich die Stewardess breitbeinig neben mich und bot mir an, meinen Finger in ihrer Scheide zu befeuchten. Sie zog ihren Rock etwas hoch, und ich fasste ihr darunter. Vorsichtig befummelte ich ihre Muschi, die weich, warm und feucht war, und holte mir so die Feuchtigkeit zum Umblättern der Seiten.

Ich ließ mir viel Zeit bei der Lektüre und genoss viele Male den Kontakt mit ihrem zarten Intimbereich, der seine Erregung in einem dicken Faden zwischen den gespreizten Schenkeln runterfließen ließ.

Das gab natürlich eine klebrige Sauerei auf dem Magazin, aber das störte weder mich, noch die vor Geilheit halbtote Melanie, die stöhnend und schwitzend die demütigende Szene mit geschlossenen Augen genoss.

Aber auch ich kostete die Situation aus, indem ich mir des Öfteren die Finger ableckte, um ihren köstlichen Saft zu schmecken; auch war der Duft ihrer erregten Möse neben mir dazu angetan, meinen Unterleib in ein wahres Chaos zu stürzen. Jetzt war es höchste Zeit für die dritte Szene:

"Die Frauen in diesem Magazin haben mich so geil gemacht, dass ich dringend abspritzen muss. Mach dich also mal nützlich!", sagte ich zu der demütig neben mir stehenden Melanie und zeigte dabei auf meine Hose.

Wortlos tat sie, wie ihr aufgetragen: Mit geschickten Händen knöpfte sie meinen Hosenstall auf, wühlte durch den Eingriff der Boxershorts, befreite meinen stocksteifen Schwanz aus seinem Gefängnis und nahm ihn ohne zu Zögern in den Mund, um ihn lutschend, saugend und leckend zu verwöhnen.

Ich hörte bereits die Englein singen, musste mich aber dennoch zusammenreißen: "Geh´ weg, du ungeschickter Tölpel! So wird das nie was! Wozu taugst du überhaupt?", schauspielerte ich entgegen aller Empfindung und stieß Melanie grob weg.

"Wenn ich mich zu blöd anstelle, darf ich ihnen wenigstens als Wichsvorlage dienen?", fragte mich die Stewardess unterwürfig, und setzte sich auf die Couch, wobei sie mir mit hochgezogenem Rock und gespreizten Beinen ihre feucht glänzende Spalte präsentierte.

"Na gut, versuchen wir es mal.", gab ich mich desinteressiert. Ich stand auf, trat an sie heran, und wichste vorgeblich gelangweilt meinen Schwanz.

"Mach mal die Bluse auf, vielleicht hilft das ja!", forderte ich sie auf, und als sie ihre kleinen aber hübschen Äpfelchen entblößt hatte, setzte ich genervt nach: "Was ist DAS denn? Nicht mal ordentliche Titten hast Du!"

"Bitte spritzen sie mich trotzdem an, als Flug-Nutte muss ich jeden Passagier zufrieden stellen, sonst werde ich gefeuert!", bettelte mich Melanie mit einem flehenden Blick an, während sie selbst mit zwei Fingern an ihrem Kitzler hektisch kreisend onanierte.

Diese geile Situation wurde mir zuviel, ich musste mich an der Couchlehne abstützen, und spürte, wie mir der Saft hochstieg. Da sog sie als Zeichen für ihren nahenden Orgasmus scharf die Luft ein, was mich automatisch zum Ejakulieren brachte:

Ein ... zwei ... drei ... vier ... fünfmal schoss ich befreit stöhnend auf Brust und Gesicht dieses geilen Weibes vor mir ab, was auch sie mit einem irren Keuchen wild aufbäumend kommen ließ.

Erschöpft sank ich neben sie auf das Sofa und brauchte einen Moment, um wieder klar denken zu können. Melanie hatte sich ebenfalls ausruhend auf die mir abgewandte Seite gedreht; es war klar, dass ich unser Treffen noch "abmoderieren" musste, damit es für sie am Ende nicht unangenehm peinlich wurde.

Dazu nahm ich eine Sofadecke, warf sie locker über die halbnackte und spermabesudelte Stewardess, und sagte zu ihr: "Lass´ dir Zeit, ich gehe erst mal in die Küche und koche Kaffee. Zieh dich im Bad um, und dann geh, wenn du magst. Es ist besser, wenn wir jetzt nicht zu viele Worte machen, aber du kannst mich jederzeit anrufen, wenn du darüber reden willst, okay?"

"Ist gut.", kam von ihr leise, und ich ging in die Küche um sie allein zu lassen. Melanie brauchte nur ein paar Minuten, dann stand sie in einem Freizeitanzug im Flur, verabschiedete sich mit einem "Tschüß!", und ging.

Ich war gespannt, ob und wie es weitergehen würde ...

Die Stewardess / dritter Teil

Entgegen meiner Erwartung hörte ich wochenlang nichts von ihr, was mir einige Sorgen bereitete. Auch der Umstand, dass sie trotz meiner für sie unerwarteten und herben Demütigungen nicht aufgrund inneren *Loslassens* geweint hatte, war kein gutes Zeichen. Ich entschloss mich aber, nichts zu unternehmen und wartete erst mal ab.

Auch ihr Kommen und Gehen fiel mir in dieser Zeit nicht auf; fast glaubte ich, Melanie würde gar nicht mehr im Haus wohnen, als schließlich nach zwei Monaten ein langer Brief von ihr im Briefkasten war. Darin schilderte sie ihre

88

Eindrücke des Treffens und gab an, die Zeit zum Verarbeiten der gemachten Erfahrung gebraucht zu haben.

Sie hatte ihre Beziehung zu einem Airline-Manager daraufhin überprüft, ob ich mit meiner Behauptung recht hatte, es würde sich außer mir keiner ernsthaft für ihre Person interessieren. Deshalb habe sie sich privat legerer gekleidet, das Make-up sparsamer verwendet, und mit ihrem Freund öfter über ihre Sorgen und Nöte gesprochen; mit dem Resultat, dass er anfing ihr aus dem Weg zu gehen und sich öffentlich ungeniert mit einer anderen Frau zeigte. Er hatte es nicht mal nötig, sich mit ihr auszusprechen.

Es folgten einige Passagen, in denen sie über ihre Selbstzweifel sprach, und ließ erkennen, dass sie sich im Unklaren darüber befand, ob die durch unser Treffen bei ihr innerlich und äußerlich eingetretenen Veränderungen nun positiv waren oder nicht. Ihre Schwester war auch keine große Hilfe, da sie gerade ihr drittes Kind bekommen hatte, das zudem leider kränklich war.

Mit anderen Worten: Melanie stand auf dem Schlauch und brauchte meine Unterstützung.

Mir war klar, dass es nicht mit Worten allein getan ist, sondern hier brauchte es ein weiteres *Bearbeiten* ihrer Psyche, um sie zu klärenden *Aha-Effekten* zu bringen. Ich hatte bereits eine ungefähre Vorstellung, wo das alles schlussendlich hinführen würde, aber dort musste ich mit ihr erst mal hinkommen. Also schrieb ich zurück und stellte ihr eine Reihe von Fragen, um heraus zu bekommen, wie sie sich in während unseres Treffen gefühlt hatte, und ob es am Ende für sie befriedigend gewesen sei.

Als Antwort rief sie mich kurze Zeit später an, und wir sprachen über alles Geschehene, was auch nötig war, denn es gab auf ihrer Seite ein paar Missverständnisse, was mein Verhalten ihr gegenüber betraf. So machte ich noch einmal den totalen Unterschied zwischen der *Spielszene* und meinem realen Verhältnis zu ihr deutlich, wobei ich heraushörte, dass sie an einem weiteren Treffen interessiert war.

Die Einzelheiten verabredeten wir aber erneut schriftlich; einerseits weil es ihr zu peinlich war, offen über ihre Phantasien zu sprechen, andererseits konnten wir so die Distanz wahren, die nötig ist, um die Möglichkeiten eines Dom/Sub-Verhältnisses voll auszuschöpfen.

Zu Beginn des zweiten Treffens musste ich allerdings darauf achten, dass Melanie ihre Unterwerfung nicht einfach nur spielte, sondern sie erneut in diese untergeordnete Position zu zwingen. Deshalb veranstaltete ich wieder etwas, womit sie überhaupt nicht rechnete.

Diesmal kam sie erst spät abends zu mir, denn die Sommerhitze war am Tage kaum zu ertragen, außerdem sollte ich diesmal als *Passagier* einen dunklen Anzug tragen. Kaum bei mir eingetreten, stand sie auch schon erwartungsvoll in ihrer gewohnten Position. Weniger geschminkt, mit flacheren Absätzen und jetzt die Haare in einem langen Zopf geflochten wirkte die Stewardess in ihrer Uniform nicht mehr so aufgedonnert wie beim ersten Mal.

Das Funkeln in ihren Augen verriet ihre Vorfreude auf das Kommende, was nicht verwunderlich war, denn sie hatte mir beim Telefonat verraten, dass sie bei unserem Treffen durch die geilen Spielchen derart aufgeheizt worden war, so dass sie am Ende einen heftigen und befriedigenden Orgasmus wie lange nicht mehr bekam, der einige Wochen *vorgehalten* hatte.

So lächelte sie mich verschmitzt an, als ich vor ihr stand um sie zu betrachten. Ich liebe diesen Moment vor dem Spiel, während ich mich daran aufgeile, was ich gleich alles mit meiner Sub anstellen würde ...

"Was gibt´s denn da so dämlich zu grinsen?!", schnauzte ich Melanie unvermittelt an, "Dir geht´s wohl zu gut, wie?! Das können wir gleich ändern, Fräulein!", und schon packte ich sie, schob sie zur Wohnungstür raus und knallte sie ihr vor der Nase zu.

Dort ließ ich sie erst mal 15 Minuten schmoren, bis ich die Tür wieder öffnete, zu ihr in den dunklen Hausflur trat, und sie erneut musterte. Statt des Lächelns hatte Melanie jetzt ihr missmutiges Gesicht aufgesetzt. Sie hatte sich den Verlauf des Abends wohl etwas anders vorgestellt.

"Ach, und jetzt ziehst du auch noch einen Flunsch? Na

warte, das treibe ich dir aus!", drohte ich wütend, schnappte den Schlüssel, schloss die Tür, und zerrte die völlig überrumpelte Stewardess am Arm die Treppe zum Keller runter. Kaum mit ihr im Vorraum, zog ich sie durch einen der Gänge zu dem vorbereiteten Verschlag, der wie die dazugehörige Wohnung leer stand, und stieß sie dort hinein. Da stand sie nun, mich hilflos anstarrend, in dem 5qm großen Abteil, das nur mit Alugittern vom Rest abgetrennt war.

"Du ziehst dich jetzt hier völlig aus und wartest, bis ich dich nach 10 Minuten wieder abhole!", befahl ich ihr, und ahnte, was kommen würde:

Sie (verwirrt) : "Was!?"

Ich: "20 Minuten!"

Sie (erschrocken) : "He, warte mal, wenn mich hier einer sieht!"

Ich: "30 Minuten!"

Sie (bettelnd) : "Aber hör doch ..."

Ich: "40 Minuten! Wir können das gerne die ganze Nacht lang machen!"

Sie (verzweifelt) : "Aber doch nicht völlig nackt!"

Ich: "50 Minuten! Und je länger du herumlamentierst, um so größer die Möglichkeit, dass einer der Mieter so spät noch in seinen Keller will."

Melanie verstand jetzt, dass jede weitere Diskussion nur ihren Aufenthalt hier verlängern würde, also begann sie sich wortlos auszuziehen. Und wieder hatte sie ein weißes Höschen zu schwarzen Nylons an, was auf mich schon beim ersten Treffen reichlich seltsam wirkte.

"Hast du keinen passenden Slip zu den Strümpfen?", fragte ich sie deshalb unwirsch.

"Ich mag nichts ... anderes.", kam von ihr zurück.

Kaum war sie völlig ausgezogen, sammelte ich alle Kleider auf und verriegelte den Verschlag von außen mit einem Vorhängeschloss.

"Bitte, was ist wenn jemand kommt?", fragte sie kleinlaut.

"60 Minuten! Und jetzt hältst du besser die Klappe und hoffst, dass dich hier keiner der Hausbewohner findet!", erwiderte ich ungerührt und verließ den Keller.

Nach etwa fünf Minuten würde die Schaltuhr das Licht dort verlöschen lassen, und eine junge nackte Frau betete in der Dunkelheit, dass sie niemand dort sieht ...

Nach etwa einer halben Stunde schlich ich mich das Treppenhaus hinauf und stapfte danach in Hausschlappen geräuschvoll wieder nach unten; und zwar so, wie der alte, fette und ungepflegte Mieter aus der dritten Etage es tun würde, der in der ganzen Nachbarschaft dafür bekannt war, alle Frauen gierig mit seinen lüsternen Blicken zu verfolgen. Natürlich betrat ich auch den Keller, aber schlurfte träge zu meinem eigenen Verschlag im Nebengang zu Melanies *Gefängnis*, um dort laut herumzuhantieren.

Ich empfand ein diebisches Vergnügen darüber, dass meine entblößte Sub bestimmt gerade Blut und Wasser schwitzte, und in Gedanken heilige Schwüre leistete, nur um nicht in ihrem schutzlosen Zustand von diesem Scheusal entdeckt zu werden. Denn wer weiß, was der tun würde, sollte er sie nackt und hilflos vorfinden ...

Zum Abschluss schlappte ich noch einmal gefährlich in ihre Nähe, um dann den Keller zu verlassen. Nach Ablauf der Stunde kehrte ich dann wieder zurück um Melanie zu befreien, allerdings in der Absicht, sie noch einmal zu schockieren.

"Gott sei Dank, dass du da bist! Der Schubert war vorhin hier unten, ich dachte, der findet mich gleich, oh Gott, was hätte ich nur getan ... äh, wo hast du meine Sachen, Dankwart?", sprudelte es aus ihr hervor, während sie begriff, was ich vorhatte.

"Für dich gibt es nur einen Weg in meine Wohnung, und zwar so wie du bist.", verkündete ich.

"Nein! NEIN!!! Das mache ich nicht! Du bist wohl verrückt?!!", stieß sie mir entsetzt entgegen.

Aber ich schnappte mir die splitterfasernackte Stewardess, drehte ihr einen Arm um, und schob sie vor mir her in Richtung Ausgang.

"Iiieehh!", kam von ihr halblaut, denn sie wollte zwar einerseits heftig gegen meine Absicht protestieren, sie unbekleidet in die Öffentlichkeit des Treppenhauses zu bugsieren, aber andererseits traute sie sich auch nicht laut zu werden, um bloß keine Aufmerksamkeit zu erregen.

So war sie denn auch vollkommen still, als ich sie die wenigen Stufen zu meiner Wohnung hinaufschob.

Aber, oh Graus, wir begegneten dem Zeitungsjungen, der regelmäßig jede Nacht zwei Exemplare der *Morgenpost* liefert, und nun mit weit aufgerissenen Augen eine bizarre Szene verfolgte, in der eine nackte sexy Frau von einem wie irre grinsenden Mann mit Gewalt in die neben den Briefkästen liegende Wohnung gezerrt wurde.

Ihre Scham immer noch mit einer Hand bedeckend, stand die schreckensbleiche Melanie nun an ihrer gewohnten Position. Sie schaute mich wegen der Begegnung mit ängstlichen Augen an, und hielt die andere Hand vor den Mund.

"Oh mein Gott, was machen wir denn jetzt?!", kam dahinter hervor, doch ich ignorierte ihre Aufregung: "Vergiss den Typ; der kennt weder mich noch dich, und wenn er etwas erzählt wird ihm wohl kaum jemand glauben."

"Aber das ist mir so peinlich!", setzte sie nach, wobei ihre Gesichtsfarbe von kalkweiß in tomatenrot wechselte.

"Wirklich nur *peinlich*?", meinte ich, fasste ihr an die geschwollene Möse, die reichlich feucht war, und hielt ihr meine benetzte Hand vors Gesicht:

"Siehst du das?", fragte ich, und wischte den Saft auf ihren Brüsten mit den steinharten Nippeln ab. "Interessant, dass dich das Entblößen in der Öffentlichkeit so geil macht; das werde ich mir merken ... doch jetzt gehst du ins Bad, machst dich frisch, und ziehst dich wieder an, danach beginnen wir mit der Session!"

Wie bereits erwähnt, trug ich an diesem Abend einen dunklen Anzug, um die soziale Distanz zwischen Vorgesetztem und Passagier auf der einen, und der Stewardess auf der anderen Seite deutlicher auszudrücken, denn was jetzt folgen sollte lebte von Melanies Bedürfnis, die zahlreichen in ihrem Arbeitsalltag erduldeten Demütigungen in einer extrem überspitzten Version für sich *nutzbar* zu machen, indem sie sie als Auslöser für sexuelle Erregung und Befriedigung einsetzte. Auf diesem Wege konnte sie darüber die Oberhand gewinnen und den aufgestauten inneren Druck und Frust abbauen, der sie schon so lange quälte.

Etwas Ähnliches tun Firmenchefs und Manager, wenn sie sich von einer Domina demütigen und schlagen lassen um den Stress loszuwerden. Allerdings lässt diese kommerzielle Variante das therapeutische Ziel vermissen, dass ich grundsätzlich als Dom verfolge, nämlich die Sub gegenüber ihren *Dämonen* zu emanzipieren, damit sie nach deren Austreibung ein freies und unbelastetes Leben führen kann.

In den Vorbereitungen hatte ich ihre vagen Vorstellungen darüber konkretisiert und in einzelne spielbare Szenarien umgesetzt. Ich beabsichtigte damit die tiefsten Abgründe ihres Unterbewusstseins zu erreichen, und dort alles an schädlichen Komplexen ans Licht zu holen und heilend aufzulösen.

Ich weise noch einmal darauf hin, dass alles Folgende in beiderseitigem Einverständnis geschah, und wer als Leser glaubt, bereits die bisherigen Ereignisse seien an Abscheulichkeit und Menschenverachtung nicht mehr zu überbieten, wird jetzt eines Besseren belehrt:

"Wo hast du gesteckt, Platte?! Die Passagiere kommen gleich!", schnauzte ich die aus dem Bad kommende Melanie als ihr Vorgesetzter an, und riss sie an den Haaren brutal zu Boden. "Zur Strafe für deine überzogene Pause wirst du ihnen beim Einsteigen als Fußabtreter dienen, ist das klar, du dummes Stück?!"

"Ja, natürlich, verzeihen sie bitte.", wimmerte sie. Daraufhin ging ich leise zur Küche am anderen Ende meiner Wohnung, um dann mit meinen Lederhalbschuhen laut auftretend einen nahenden Passagier dazustellen.

"Herzlich willkommen!", sagte die flach auf dem Bauch liegende Stewardess in einem professionellem Ton, "Bitte putzen sie an mir ihre Schuhe ab; ich habe es verdient."

"Na so was, da haben wir wohl auf diesem Flug eine kleine Sklaven-Fotze, das nenne ich Service!", freute ich mich, streifte mehrfach meine Schuhsohlen auf Melanies Rücken ab, und nahm erneut als weiterer Passagier von hinten Anlauf. Wieder sagte sie ihren Spruch auf, worauf ich diesmal ihren Hintern als Abtreter benutzte, was sie erregt aufstöhnen ließ.

"Wie heißt du denn, Kleine?", fragte ich sie. "Mein Name ist *Platte*, weil ich nur winzige Tittchen habe.", kam von unten. "Na, das werde ich mir nachher mal genauer anschauen!", meinte ich anzüglich, und wiederholte meine Runde sicher noch fünfmal, bis die Sache ausgereizt war. Zwar hatte ich meine Schuhe vor dem Treffen gründlich geputzt, aber dennoch waren jetzt Bluse und Rock auf der Rückseite ziemlich schmuddelig.

So machte es auch nichts mehr, dass ich im weiteren als Passagier verlangte, die Stewardess solle mir als Fußbank dienen. Eilfertig kauerte sie sich vor meinen Sessel, und ich legte die Beine auf ihren Rücken ab. Während wieder die CD mit den Geräuschen des Flugbetriebes lief, zappte ich durch die stummgeschalteten Fernsehprogramme, um mir die Zeit zu vertreiben.

"So, Platte!", meinte ich schließlich, und gab ihr einen Tritt, dass sie umkippte, "Meine Schuhe müssen geputzt werden, kannst du das, oder bist du zu blöd dazu?"

"Ja, ich bin nur ein wertloses Dummerchen.", stimmte sie mir unterwürfig zu, "Aber bitte gestatten sie mir, ihre Schuhe schön sauber zu lecken."

"Na gut, aber sabber sie nicht voll!", meinte ich gnädig, und streckte ihr einen Fuß hin. Melanie hielt vor mir kniend meine Wade und begann vorsichtig das Oberleder abzulecken. "Ich will, dass du mich dabei anschaust!", wies ich sie an, und sie folgte gehorsam aufblickend.

Wenn Augenkontakt die Demütigung begleitet, wird die Situation von beiden Seiten gleich viel intensiver erlebt ...

Nachdem sie auf Verlangen auch die Schnürsenkel saubergelutscht, und den zweiten Schuh ebenfalls entsprechend bearbeitet hatte, betrachtete ich prüfend das Ergebnis.

"Die sind ja ganz stumpf, du Nichtsnutz!", beschwerte ich mich, "Da brauchen wir noch eine Politur. Also zieh den Rock hoch, hock dich über den Schuh, und polier ihn mit deinem Höschen!"

Meine Sub tat wie von mir verlangt, und rutschte, sich an meinem Knie festhaltend, mit ihrem Unterleib vor und zurück über das Leder. Dabei sah sie aus wie eine Hündin, die sich hechelnd am Bein des Herrchens befriedigte. Das brachte mich auf eine Idee für eine spätere Sitzung.

Als sie auch den zweiten Schuh *behandelt* hatte, war ich natürlich mit dem Ergebnis nicht zufrieden. "Die glänzen immer noch nicht richtig! Gib dir gefälligst mehr Mühe, oder muss ich dich erst motivieren?!"

"Ja, bitte.", kam devot von ihr zurück, "Nehmen sie mich dumme Gans nur hart ran, sonst kapiere ich das nie."

"Aber gerne doch! Leg dich auf den Rücken und knöpf′ die Bluse auf!", befahl ich Melanie, stand auf, und stellte derb einen Fuß auf ihre entblößte Brust. "Jetzt polier ihn von beiden Seiten mit dem Stoff, denn deine Titten sind ja leider zu klein dafür, Platte!", dabei fuhr ich geringschätzig mit der Sohlenkante über ihre kleinen Erhebungen mit den ewig harten Nippeln.

"Und ein bisschen Dalli, wenn ich bitten darf! Hier kriegst du noch die passende Schuhwichse!", fuhr ich die in Geilheit ächzende Stewardess an, die diese Erniedrigung offensichtlich genoss, und spuckte auf sie runter. Zwar bekam ich aus eigener Erregung kaum Speichel zusammen, aber es war ja auch eher symbolhaft gemeint.

Als ich schließlich mit dem Ergebnis zufrieden war, blieb Melanie halbnackt und breitbeinig auf dem Rücken liegen: "Wenn sie wünschen, können sie mich auch gleich besteigen; ich bin gerade schön feucht und bereit für sie."

"So etwas wie dich ficke ich nicht, dafür ist mir mein Schwanz zu schade!", lehnte ich verächtlich ab.

(*Du spinnst wohl!!!?*, protestierte mein Gemächt sabbernd, aber ich ignorierte das so gut es ging ...)

"Aber wo du gerade so schön da liegst, kann ich an dir noch die Sohlen polieren.", sagte ich und begann vorsichtig auf- und abreibend gegen ihren Intimbereich zu treten.

Diese unsäglich demütigende Misshandlung machte meine Sub erst so richtig scharf! Die Beine hoch angezogen bot sie mir schwer atmend ihren Unterleib dar, und drückte ihre Schamlippen durch den dünnen und mittlerweile feuchten Stoff zuckend gegen die rubbelnde Ledersohle.

"Bitte ... fester ... mein unwürdiges Fötzchen hält was aus ... aahh ... uhh ...", bat sie hoch erregt stöhnend, und ich bohrte jetzt den Slip mit der Schuhspitze in ihre nasse Spalte.

"Oh Gott! ... OH GOTT! ...", keuchte sie, aber dann hielt sie stoppend meinen Fuß fest; sie wollte noch nicht kommen, denn wir hatten ja noch einiges vor.

Also fragte ich Melanie, wo denn die Waschräume seinen, da ich pinkeln müsste.

"Dort um die Ecke.", zeigte sie dienstfertig mit der Hand, "Bitte, darf ich sie als ihre Toiletten-Schlampe begleiten? Ich möchte mich gerne nützlich machen."

"Sehr schön.", lobte ich die Stewardess auf dem Weg ins Bad, "du weißt wirklich, wo dein Platz ist. Bei der heutigen Lage auf dem Arbeitsmarkt kann man gar nicht entgegen-kommend genug sein."

Vor der Kloschüssel angekommen, wartete ich, bis meine Sub neben mich trat, den Deckel hochklappte, den Hosen-stall der Anzughose öffnete und meinen bestes Stück herausholte. Unbekümmert strullte ich von Melanies zarter Hand gehalten los; sie zielte perfekt, als hätte sie im Leben nie etwas anderes gemacht. Kaum war mein Strahl versiegt, schüttelte sie meinen Schwanz ab, beugte sich zu ihm runter und lutschte mir die Eichel sauber.

Natürlich bekam ich durch ihre *Fürsorge* sofort einen Ständer, aber noch war es nicht soweit ...

Denn jetzt war sie dran: Den Rock hoch-, das Höschen runtergezogen, setzte sie sich breitbeinig auf die Klobrille.

"Los!", befahl ich ihr, "Ich will dich pissen sehen!", aber wie erwartet konnte sie in meiner Anwesenheit nicht. Also ließ ich den Wasserhahn am Waschbecken leise glucksend laufen, hockte mich vor sie, griff ihr zwischen die Beine, und zupfte auffordernd an den gestutzten Schamhaaren.

"Komm schon, du altes Ferkel, puller schön über meine Hand!", forderte ich sie auf, und mit geschlossenen Augen versuchte die arme Melanie, dem Druck auf der Blase nachzugeben.

Es dauerte einige Zeit, aber schließlich entspannte sie sich und strullte keuchend los. Ihr warmer Saft rann mir über die Hand, während ich sie immer noch an ihrer Muschi befummelte. Ich stehe total auf diese Aktion, und auch die Stewardess genoss die Sauerei heftig atmend. Eigentlich hatte ich vorgehabt, das ganze in der Badewanne stattfinden zu lassen, aber sie meinte, dass sie im Stehen ganz sicher nicht pinkeln könnte.

Am Ende wusch ich mir die Hände, und meine Pinkel-Sklavin benutzte einen Waschlappen. Jetzt war es Zeit für das heutige Finale, dazu ging ich zurück ins Wohnzimmer, wo immer noch die Fluggeräusche in Endloswiederholung liefen, und schaltete die Lautsprecher in der Küche dazu, denn nun würde es auch dort abgehen.

Melanie verschwand in den Flur, und ich gab ihr ein paar Minuten *Vorsprung*. Dann folgte ich, nahm erneut die Rolle ihres Vorgesetzten ein, riss den Vorhang dort auf, und *erwischte* sie beim Onanieren.

"WAS IST DAS DENN!?", schnauzte ich die Stewardess an, die sich mit hochgezogenem Rock in ihrem Höschen fingerte, "Das ist ja wohl nicht zu glauben!! Du bist hier am Wichsen, während deine Kolleginnen die ganze Arbeit machen müssen!?"

Aber anstatt ertappt aufzuhören, fuhr sie einfach mit ihrer geilen Beschäftigung fort, und schaute mich ausdruckslos an, während ich minutenlang eine wahre Schimpfkanonade auf sie losließ. Sie genoss diese absurde Situation sichtlich, und hörte nur auf, weil wir noch etwas anderes vorhatten.

"Jetzt reicht´s mir endgültig mit dir, du ungezogene Fotze! Los! Raus da!", beendete ich meine Standpauke und zerrte sie nebenan in die Küche. Dort zwang ich sie in der Ecke der Arbeitsplatte auf die Knie, so dass sie eingekeilt war. Ruckzuck war meine Hose offen, der steife Schwanz rausgeholt und ihr brutal ins Maul gestopft.

Mit hektischen Bewegungen fickte ich der durch die Nase schnaufenden Melanie in den Mund, was das Zeug hielt, bis ich wenig später erleichtert grunzend kam und ihr so richtig die Kehle abfüllte.

Kaum hatte ich von ihr abgelassen, spuckte sie meinen Samen in ihre Hand, aber nicht, weil sie sich ekeln würde, sondern sie schmierte sich alles auf Mund, Kinn und Hals, denn bei der Schlussszene wollte sie den Spermageruch in der Nase haben.

"So, meine Liebe!", kündigte ich an, als ich meinen endlich befriedigten Pimmel wieder verstaute, "Als Strafe reicht das noch lange nicht, jetzt werde ich dich vor den Passagieren bis auf die Knochen blamieren!"

"Oh, nein, bitte nicht!", flehte sie mich an, aber ich streifte ihr die bereitgelegte Schlafbrille über, packte sie fest und schob sie ins Wohnzimmer.

"Meine Damen und Herren, bitte sehen sie sich dieses versaute Drecksstück an!", richtete ich mich an die imaginären Passagiere, "Ich habe sie doch tatsächlich in der Ruhekabine beim Masturbieren erwischt, was sagen sie dazu?!"

Ihrer Sehfähigkeit beraubt, konnte sich die Stewardess voll in die hochnotpeinliche Situation versetzen. Ich hielt sie nun so umfasst, dass ihre Arme frei waren.

Ich: "Zieh dir den Rock hoch, damit die Herrschaften sehen können, wo du an dir herumgespielt hast!"

Sie (flehend) : "Bitte, ich will es auch nie wieder tun!"

Ich (erbarmungslos) : "Dazu ist es jetzt zu spät! Los, hoch damit!"

Aber Melanie sträubte sich aus Scham noch immer, also zerriss ich brutal Knopf und Reißverschluss des Uniformrockes, und ließ ihn auf den Boden sinken. Ein kurzer Ruck, und auch ihr Höschen war runtergezogen.

Sie (ängstlich) : "Oh Gott, sie können mich doch nicht vor allen entblößen! Hilft mir denn keiner?!"

Ich (ungerührt) : "Nun, meine Herren, schauen sie genau auf ihre Schamlippen, die noch ganz geschwollen sind! Jetzt zeig den Leuten, wie du daran rumgefummelt hast!", dabei zog ich sie ein wenig in Rückenlage, ging mit einem Knie auf den Boden, und bugsierte die sich windende Halbnackte mit ihrem Hintern auf meinen anderen

Oberschenkel, so dass sie ihre Intimzone jetzt gut präsentieren konnte, was sie auch tat.

Sie (erregt atmend) : "Ja, ich bin eine ungezogene Frau, sehen sie nur, wie feucht ich bin! Machen sie bitte Fotos von mir, und filmen sie ich mich auch, wie ich vor ihnen wichse!", dabei steckte sich meine Sub zwei Finger in die Scheide, um darauf wieder ihre Klitoris zu reiben.

"Nur weiter, du verdorbene Nutte!", raunte ich der jetzt in Geilheit keuchenden Melanie ins Ohr, die herrlich nach meinem Sperma roch, "Zeig allen, wie heiß du bist ... lass es dir schön kommen ... jaa, weiter ... spritz richtig ab, du geiles Stück ..."

Aber gerade dachte ich, dass sie ihrem Höhepunkt entgegen trieb, da riss sie sich plötzlich von mir los, ließ sich polternd zu Boden fallen, streifte die Augenbinde ab, griff nach meinem Bein, und zerrte meinen Fuß zwischen ihre erwartungsvoll gespreizten Schenkel, um meinen Schuh wieder an ihre feuchtglänzende Muschi zu bringen!

"Mach, tritt mich da, bitte, mach! MACH!", sprach sie mich jetzt außerhalb des Spiels direkt an, und ich konnte nicht widerstehen, der bettelnden Frau mit meiner Schuhsohle direkt über die Schamlippen zu reiben.

"Fester ... ja ... au ... fester ... AU ... ahhh ... weiter ... gleich ... gleich ... jaaahh!!", stammelte die Stewardess in Ekstase, sich dabei mit den Fingern in den Teppich verkrallend.

Dann war sie soweit: Laut ächzend und stöhnend explodierte sie in einem Wahnsinnsorgasmus, während ich so tat, als würde ich eine Zigarette fest auf ihrer Möse austreten!

(Yeah, ich LIEBE es, Frauen in die Umlaufbahn des Planeten "ICH-KOMME-WIE-VERRÜCKT!" zu schießen ...)

Doch jetzt machte ich mir Sorgen, ob ich sie womöglich verletzt hatte, also hob ich die halb besinnungslose und in den Nachwehen ihres Höhepunktes zuckende Melanie auf, und trug sie zum Sofa. Wieder legte ich als Abschluss der Sitzung die Decke über sie, dann holte ich ein paar Sachen, um sie zu verarzten.

Als ich anfing, sie zu untersuchen, wollte sie mich mit den Händen abwehren. "Lass das und halt still! Ich muss sehen, ob du blutest.", sagte ich etwas ärgerlich, denn sie hatte mich in der Hitze des Gefechts dazu gebracht, dass ich wieter gegangen war als ich eigentlich wollte. Natürlich hatte sie das nicht absichtlich getan, aber geschehen ist geschehen. Jetzt musste ich mich darum kümmern, das es keine unangenehmen Folgen hatte.

Mit feuchtem Toilettenpapier tupfte ich vorsichtig über ihren geschundenen Intimbereich um sie zu säubern, dabei fand ich zwei blutige Stellen. Ein Tupfer mit entsprechender Lösung desinfizierte die Wunden, abschließend rieb ich sie mit einer geeigneten Feuchtigkeitsmilch ein.

"Was ist eben nur in mich gefahren, um so was zu machen?", kam von ihr ratlos.

Ich: "Die Geilheit ist in dich gefahren, was denn sonst? Das hat dich die Kontrolle verlieren lassen; so, wie es sich für einen richtigen Orgasmus gehört; alles andere sind nur schale Abgänge."

Sie (zweifelnd) : "Ja, aber so? Ich stand doch nie auf Schmerzen, und nun ausgerechnet DA? Bin ich jetzt pervers?"

Ich: "Nein, jedenfalls nicht im pathologischen Sinne. Bist du vielleicht früher dort mal verletzt worden?"

Gerade war ich mit meiner Behandlung fertig, als Melanie anfing, am ganzen Leibe seltsam zu zucken. Ich schaute auf und sah ihr Gesicht zu einer Grimasse verzerrt, und endlich, endlich, ENDLICH konnte sie weinen!

Sie krümmte sich in Embryonalhaltung zusammen und heulte los; zuerst lautlos, dann alles rauslassend. Ich setzte mich zu ihr und nahm sie tröstend in den Arm.

"Hör auf, du tust mir weh!", schluchzte sie, "Hör doch auf, Papa, bitte, bitte, das tut so weh!", wiederholte sie immer und immer wieder.

Es sollte jedem klar sein, was DAS zu bedeuten hatte ...

Ingrid, Inge und die Zofe

Ich möchte hier von Ingrid berichten und wie das mit einer Sub so läuft, da anscheinend viele Männer nicht wissen, wie sie mit Frauen zu Rande kommen sollen. Vielleicht überlegt sich der eine oder andere dann ja, ob für ihn ein Dom/Sub-Verhältnis ebenfalls in Frage kommt, wenn er mit *normalen* Beziehungen bisher schlechte Erfahrungen gemacht hat.

Denn wenn sich der geneigte Leser seit zwanzig, dreißig, oder gar vierzig Jahren ohne dauerhaften Erfolg vergebens um eine liebevolle, loyale und attraktive Partnerin bemüht hat, indem er alles anbettelt, was ihm über den Weg läuft, dann ist womöglich der Zeitpunkt gekommen, die eigene Vorgehensweise zu überdenken.

Wer als Mann heutzutage immer noch glaubt, sein Glück läge in einer Frau, die *ganz lieb* zu ihm ist, der ist im Grunde immer noch das kleine Kind, das sich nichts sehnlicher wünscht, als das die Mami ihn lieb hat und ihm das Gefühl gibt, ein guter Junge zu sein.

Wachen Sie auf und stellen Sie die Uhren neu: Ausnahmslos jede Frau hat andere Interessen als ein Mann und sie verfolgen diese auch konsequent, skrupellos und unnachgiebig. Das ganze Gewäsch von *Romantik, Liebe* und *Vertrauen* soll uns nur in falsche Sicherheit wiegen. Am Ende sind wir die Dummen, die den Nachwuchs fremder Männer großziehen, uns von den Launen der Partnerin abhängig machen und froh sein können, wenn sie nicht mit unserem Geld das Weite sucht!

Also ist es höchste Zeit, die Dinge wieder in die eigene Hand zu nehmen. Seien Sie verständnisvoll, zärtlich und liebevoll zu Ihren Frauen, aber machen Sie ihnen von Anfang an unmissverständlich klar, wer die Richtung vorgibt! Und wenn die Gute rebelliert, dann ist es an Ihnen, ihr den Weg zu zeigen!

Vergessen Sie eines nie:

Frauen wissen nicht, was sie wollen! Sie entscheiden immer nach momentaner Lust und Laune. Wer sich dem unterwirft, ist verloren, denn jeder erfahrene Mann weiß, wie schnell ihm die gewährte Gunst wieder entzogen werden kann!

Ich kann nur sagen, dass es mir nach zwei gescheiterten Ehen wesentlich besser ging, als ich meiner natürlichen Neigung als Dom nachgab und nur geeignete Subs an mich ranließ!

Und das Beste ist: Sie kommen von selbst!

Hören Sie also auf zu suchen, sondern lassen Sie sich lieber finden, denn jede Frau kann froh sein, Sie als Partner zu haben!

Also, die liebe Ingrid war damals 27 Jahre alt, arbeitete in einer Videothek und hatte vor einigen Jahren mein Interesse geweckt, indem sie besonders aufmerksam war, wenn ich dort was ausleihen wollte. Sie zeigte mir bereitwillig die neuesten Videos und beeindruckte mich damit, dass sie offenbar genau wusste was für Filme ich mag.

Natürlich bekam ich mit, dass sie mich näher kennenlernen wollte, aber aus leidvoller Erfahrung heraus weiß ich auch, dass nicht jede Frau zu mir passt.

Also stellte ich sie auf die Probe, indem ich ihr bei unserem zweiten Date einfach dies sagte: "Du gefällst mir wirklich sehr, aber ich frage mich, ob du auch meine Bedürfnisse erfüllen kannst."

"Wieso denn nicht?!", kam von ihr misstrauisch zurück.

Ich: "Nun, ganz einfach, ich möchte nicht nur eine langweilige 08/15-Beziehung haben, sondern etwas Besonderes, das dir und mir wesendlich mehr Spaß bringt."

Sie: "Was soll´n das sein?"

Ich: "Zuerst mal, was hast du für einen Eindruck von mir?"

Sie: "Na ja, du bist irgendwie nett ... zum Beispiel, wie du auf meine Tochter reagiert hast fand ich gut. Und du bist irgendwie anders in deiner Art ... und so gelassen bei allem."

Ich: "Ok, ich möchte, dass wir entweder zu dir oder zu mir gehen, um das Besondere zu erleben, wovon ich rede."

Sie: " Aber ... was meinst du? Ich ... na ja, weißt du ... da ist

noch Marias Vater, und ..."
Ich: "Der Vater deiner Tochter soll das sein, was du möchtest, das hat nichts mit uns zu tun. Ich möchte aber dich haben, deinen Körper, deinen Verstand und vor allem dein liebes Wesen, das mir von Anfang an gefallen hat.
Ja, ich bin heiß auf dich. Deine Figur macht mich an, ich liebe deine Haare, ich mag ebenfalls den hintergründigen Blick deiner Augen, ich will nichts anderes, als dich glücklich machen. Glaubst du mir das?"
Sie:" Schon, aber ..."
Ich: "Los, komm! Wir gehen und sehen, was passiert!"
Weil ihre Tochter an diesem Wochenende beim Vater war, wollte Ingrid, dass wir zu ihr gehen. Kaum angekommen, begann ich sie für meine (unsere?) Zwecke anzuleiten. Ich saß bereits im Wohnzimmer auf dem Sofa, als sie mit einer Flasche Wein und Gläsern reinkam:
Ich: "Warum stellst du dich nicht dort an die Wand?"
"Warum denn?", fragte sie und stellte das Tablett auf den Tisch.
Ich: "Das wirst du schon sehen. Bitte entscheide, ob du mir vertrauen kannst. Und dann erfülle meinen Wunsch."
Sie: "Aber wozu? Ich meine, was hast du vor?"
Ich: "Ich möchte, dass du dich wohl fühlst, so wohl, wie du es noch nie getan hast. Ich werde dir Sachen zeigen, wie du sie dir noch nie hast vorstellen können. Stell dich also dort hin und verhalte dich ruhig. Schau geradeaus ... steh´ aufrecht ... die Hände an die Seite ... so ist es gut."
Ingrid befolgte meine Anweisungen, aber sie war nicht recht überzeugt. Etwas in ihr rebellierte, sie war auch unsicher und wollte sich nicht einfach so einem kaum bekannten Mann ausliefern:
Sie: "Was nun, soll ich etwa deine Dienerin sein? Das kannste vergessen!"
Zu diesem Zeitpunkt ahnte ich selber nicht, dass sie später sehr wohl zu einer Art *Dienerin* werden würde, aber nicht für mich ...
Ich: "Sei ruhig und mach´ deine Hose auf."
Sie stand einfach da und bewegte sich nicht. Ich wartete

eine Weile, dann wiederholte ich meine Anweisung:
"Ich möchte, dass du deine Jeans aufknöpfst!"
Sie: "Du bist irgendwie pervers, oder? Wird das ein Strip-
tease?"
Ich: "Öffne deine Hose, ich will dein Höschen sehen!"
Sie:" Wozu denn? Ist dir das so wichtig? Was hast du denn
davon? Holst du dir dann einen runter, oder was? Mein Gott
...!"
Ich: "Mach´ deine Hose auf, und zeig´ mir dein süßes Ge-
heimnis! Das Schönste, was eine Frau besitzt. Komm´,
zeig´ es mir!"
Sie: "Na bitte, wenn es dich glücklich macht ... da hast du
es ... und nun?"
Unwillig knöpfte Ingrid ihre Jeans auf und präsentierte mir
ihren Slip, der die Aufschrift "Come on" trug ...
Ich: "Ich möchte, dass du eines weißt: Ich bleibe hier vor
dir sitzen. Keinesfalls werde ich etwas tun, was dich beläs-
tigt. Ich werde nicht zu dir kommen, ich werde dich nicht
anfassen, wenn du das nicht möchtest."
Sie (verlegen lächelnd): "Na ja, aber wozu ..."
Ich: "Zieh´ dir jetzt die Hose aus!"
Sie zögerte ein wenig, dann tat sie, wie ihr aufgetragen,
legte die Jeans ordentlich zusammen und warf sie auf den
Stuhl neben sich. Die Situation war ziemlich verrückt, aber
es war für sie auch aufregend den sexuellen Wünschen eines Mannes zu folgen, denn sonst war sie es immer gewesen, die den Ablauf eines erotischen Beisammenseins
maßgeblich beeinflusste.
Ich: "Du hast schöne Beine, das gefällt mir, warum trägst
du nicht ab und zu mal einen Rock? ... Und? Wie fühlst du
dich nun, wo du so halbnackt vor mir stehst, während ich
meine Blicke über dich streifen lasse?"
Sie: "Du machst mich total verlegen! Können wir nicht
einfach ... ich meine, kann ich nicht zu dir auf die Couch
kommen?"
Ich sah sie ernst an und sagte betont ruhig: "Jetzt zieh dir
langsam den Slip runter."
Ingrid lief rot an und zögerte: "Ich mag nicht ... du bist

unmöglich!"

Ich schaute sie weiter an und gab ihr ein wenig Starthilfe: "Ich weiß, dass es viele Frauen insgeheim mögen, sich untenrum nackt zu zeigen. Da ist nichts Verwerfliches dran. Du hältst dich doch *da Unten* nicht etwa für hässlich, oder?"

"Nein ... aber einfach so ... ich meine, wir kennen uns doch kaum ...", sagte sie zwar, aber begann an ihrem Slip herumzunesteln.

"Das macht es ja gerade so geil. Wenn man sich länger kennt und auch schon miteinander geschlafen hat, dann ist das nichts Besonderes mehr. Aber jetzt, am Anfang, wo sowieso alles noch aufregend ist, da kann man das doch nutzen, was meinst du? Außerdem habe ich den Eindruck, dass dir die Situation nicht nur unangenehm ist ... hmm?"

"Und was ist mit dir?", fragte sie jetzt verlegen grinsend, "Kriege ich auch was zu sehen?"

"Klar, und nicht nur zu sehen ..., aber jetzt überwinde dich und zeig′ mir deine Muschi, denn ihren Duft kenne ich ja mittlerweile schon ....", gab ich nun ebenfalls grinsend zurück.

Sie (schmollend): "Du bist doof! Das Wort *bitte* kennst du wohl nicht? Jetzt will ich gerade nicht!"

Ich (wieder ernst): "Natürlich willst du. Es ist dir zwar peinlich, aber es macht dich auch an, das merke ich doch."

Ein bisschen zierte sich Ingrid noch, doch dann biss sie sich auf die Unterlippe und schob das Höschen auf Halbmast runter. Zuerst hielt sie noch die Hände davor, tat sie jedoch dann zur Seite. Aber ihre Bluse war ziemlich lang, so dass ich kaum etwas sehen konnte.

Ich: "Krempel deine Bluse hoch, ich möchte dich ganz betrachten können." Sie nestelte am Stoff herum und war schließlich bis zum Bauchnabel entblößt. Ihre Bikinizone war zwar rasiert, der Rest aber Natur.

"Und? Zufrieden?", kam von ihr mädchenhaft trotzig, aber sie musste doch grinsen, denn ihre Hände fuhren wie von selbst an ihren Lenden auf und ab, und signalisierten jetzt offen ihrer Erregung.

"Sehr schön!", antwortete ich, "Nur von hier hinten kann ich kaum was sehen. Zieh´ doch den Slip ganz aus und komm´ ein bisschen näher."

"Nee, jetzt bist Du erst mal dran!", forderte Ingrid, und ich tat ihr den Gefallen: Aufstehen, umdrehen, Hosenstall öffnen und mein Gemächt rausholen war schnell erledigt, dann drehte ich mich langsam um.

"Hmm.", machte sie abschätzend, "Er steht ja gar nicht."

"Das Ganze macht mich bisher nur auf eine andere Art an, aber wo ich jetzt so vor dir stehe ...", meinte ich und versetzte mich innerlich voll in die Situation: Da stand ich mit entblößten Genitalien in einer fremden Wohnung vor einer halbnackten und merklich erregten Frau, die ich bisher noch nicht mal geküsst hatte!

Mittelgroß, von durchschnittlicher Figur, mit halblangen dunkelblonden Haaren ist sie zwar kein Vergleich zu meiner letzten Flamme, der Stewardess, aber es sind auch hauptsächlich ihre Augen, die etwas seltsam Reizvolles an sich haben. Eigentlich hätte ich aus Erfahrung wissen können, dass sich hinter einem solchen Blick immer etwas Besonderes verbirgt, aber ihr bisher unentdeckter Fetisch war selbst für mich etwas völlig Neues ...

Sie schaute nun verlegen neugierig auf mein Geschlecht, was nicht ohne Wirkung blieb: Mein Penis begann sich aufzurichten, hob langsam den Kopf, und stand schließlich hart und pochend vor mir.

Das machte sie sichtlich an und sie streichelte sich nun wie beiläufig am ganzen Unterleib: "So habe ich das noch nie gesehen ... ich meine, dass er einfach so von alleine steif wird ..."

Als Antwort beugte ich mich vornüber und sprach zu meinem Freund: "Schau mal, da ist eine neue Spielgefährtin für dich ... wollen wir mal rübergehen und *Guten Tag* sagen?"

Also ging ich langsam mit schwankendem Pimmel zu Ingrid rüber, die sich erschrocken an die Wand drückte. "He, warte, nicht so schnell!", rief sie, und streckte mir eine Hand abwehrend entgegen.

"Leg´ deine Hände auf den Kopf und bleib einfach so

stehen, ich tue dir schon nichts.", beruhigte ich sie, schob die Hüfte vor und berührte ihren nackten Bauch leicht mit meiner geschwollenen Eichel. Die Süße genoss mit geschlossenen Augen meine Annäherung, und schon strich ich ihr mit meinem Steifen über den ganzen Unterleib.

"Jetzt gib deiner neuen Freundin ein Küsschen.", wies ich mein bestes Stück an, ging etwas in die Knie, um auf gleich Höhe zu kommen, stupste sachte gegen Ingrids Muschi, und bohrte auch ein wenig zwischen ihre Oberschenkeln herum.

"Uuhhh, was machst du denn!", stöhnte sie, und deutlich spürte ich die Hitze und Nässe ihrer Geilheit.

"Die beiden mögen sich wohl, schau mal.", kommentierte ich den Umstand, dass sich Fäden der Erregung zwischen unseren Geschlechtsteilen zogen.

"Bitte! Lass mich auf die Couch ... ich kann nicht mehr stehen!", japste mein Weibchen. Sie zog mich rüber und legte sich hin, aber ich setzte mich erst mal nur an das Fußende und schob ihre Beine sachte auseinander, da ich zuerst ihre Möse genießen wollte. Langsam die Oberschenkel raufstreichend näherte ich mich ihrem Honigtopf.

"Hallo, du süße Muschi!", raunte ich verspielt und strich jetzt sanft mit einem Finger über die Schamhaare der geschwollenen und herrlich duftenden Pflaume vor mir. "Du möchtest bestimmt einen Kuss von mir, hmm?"

Da packte mich Ingrid plötzlich mit unglaublicher Kraft am Oberarm und bäumte sich gleichzeitig stöhnend auf. Mir war nicht ganz klar, was das zu bedeuten hatte, denn ich hatte sie ja kaum angefasst.

"Was ist? Geht´s dir gut?", fragte ich besorgt, und für einen Moment glaubte ich, dass sie eine Art Krampf hatte, denn sie hielt die Luft an, und drückte immer noch fest meinen Arm.

"Mach ... weiter!", keuchte sie schließlich, aber ich wusste nicht recht was sie meinte: "Was genau möchtest du, Schatz?"

"Bitte! ... Oh Gott!! ... SPRICH WEITER MIT ... IHR!!!"

Ich habe zwar schon Einiges erlebt (und dazu noch eine rege Phantasie), aber so eine verrückte Sache ist selbst mir noch nicht begegnet:

Meine Freundin machte es tatsächlich irre geil, wenn ich mit ihrer Vagina sprach!!!

Also habe ich mein eigentlich geplantes Vorgehen für dieses Treffen aufgegeben und gemäß ihres Wunsches einfach improvisiert: "Wie heißt du denn, meine Süße? Warte, ich nenne dich *Muschimaus*! Na, wie gefällt dir das"?

Offensichtlich gefiel es ihr wirklich gut, denn Ingrid hatte jetzt einen Arm über die Augen gelegt, während sie sich mit der anderen Hand im Polsterstoff festkrallte, dabei wand sie sich vor mir ächzend und stöhnend auf der Couch, obwohl ich sie nicht mal berührte ...

"Warum bist du denn so aufgeregt? Du freust dich wohl auf meinen kleinen Freund, der dich gleich besuchen kommt, was?", sprach ich weiter zu dem feucht glänzenden Paradies vor meiner Nase, wobei ich nun doch die Oberschenkel meiner zappelnden Kleinen festhalten musste. Zwar stehe ich nicht unbedingt auf eine bewaldete Spielwiese, aber hier musste ich einfach mal eine Ausnahme machen:

"Aber erst bekommst du von mir das versprochene Küsschen..."

Kaum hatte ich angefangen ihre Schamlippen zu lecken und an ihnen zu saugen, kam von der hocherregten Ingrid ein heftiges Keuchen, und mir wurde klar, dass ich jetzt besser zur Tat schreiten sollte, wenn ich ebenfalls noch auf meine Kosten kommen wollte.

"Na, du kannst wohl wirklich nicht mehr warten.", vermutete ich zu recht und brachte mich in Positur. Aber meine Süße rappelte sich hoch und wand mir ihre Kehrseite zu. Also gut, dann eben von hinten:

"So, Muschimäuschen, sag´ Hallo zu ihm.", meinte ich und schob meinen erwartungsvollen Ständer in das Paradies auf Erden. Diese erste Zusammenkunft quittierten wir beide mit einem lauten Aufstöhnen. Lange würden wir das sicher nicht aushalten!

"So eine geile heiße Pussy wie dich hat mein Schwanz

schon lang nicht mehr gehabt, da wird er dich wohl gleich mit leckerer Sahne füttern.", kündigte ich an, während ich sie heftig rammelte, denn mein Sack begann bereits überzukochen.

"Schön schlucken jetzt, Mäuschen ... hier kommt deine Belohnung ... gleich ... ich ... KOMME!!!", rief ich, und spritzte grunzend in den zuckenden Unterleib meiner Kleinen, die mit spitzen Schreien ebenfalls zu einem heftigen Orgasmus kam.

Kaum hatte sie sich beruhigt, da wandte sich Ingrid zu mir um und küsste mich wild: "Danke, du Süßer!" ... schmatz ..." Das war sooo schön!" ...schmatz ... "Danke!" ... schmatz ... "Vielen Dank!"

Es ist mir zwar nicht völlig unvertraut, wenn sich meine Partnerin danach positiv äußert, aber dieser Ausbruch an Dankbarkeit erschien mir doch reichlich übertrieben, schließlich hatten wir ja nur eine kurze normale Nummer geschoben. Allerdings verstand ich ihre Aufregung, nachdem sie mir ihre Geschichte erzählt hatte:

Bevor sie Maria bekam, war der Sex für Ingrid eine ganz normale Sache gewesen. Sie tat es gern und hatte auch ihren Spaß daran. Als sie mit Holger zusammen war wurde sie schwanger und beide freuten sich auf das Kind. Aber aufgrund verschiedener Umstände wollten sie zunächst ihre eigenen Wohnungen behalten, ihr Freund wohnte ja auch nur zwei Häuser entfernt.

Dann kam die Geburt und die änderte alles.

Bereits im Kreissaal spürte Ingrid neben den ganzen üblichen Vorgängen, dass etwas in ihr begann *fremd* zu wirken, aber die Freude über die gesunde Maria ließ sie es erst mal vergessen.

Doch einige Monate später wurde klar, was jetzt anders war: Sie empfand keine Lust mehr beim Sex. Ja, sie hatte das Gefühl, ihn überhaupt nicht zu brauchen. Das wurde natürlich langsam zum Problem, denn Holger war auf diesem Gebiet immer recht aktiv gewesen, doch auch wenn sie seinem Drängen nachgab, war der Akt nur ein verkrampftes Rumgeturne, das auch ihm keinen Spaß machte.

Das ursprüngliche Vorhaben, bei günstiger Gelegenheit doch zusammenzuziehen, war bald kein Thema mehr, und nach etwa einem Jahr trennte er sich von ihr, denn er hatte eine neue Freundin. Allerdings kümmerte er sich weiterhin sehr liebevoll um Maria. Sie war oft bei ihm und auch der Unterhalt klappte reibungslos.

Natürlich hat Ingrid die Trennung ganz schön mitgenommen. Besonders der Umstand, wegen einer *tauglicheren* Frau verlassen worden zu sein, belastete sie schwer, denn sonst hatte sie sich mit Holger eigentlich gut verstanden.

Was war nur los mit ihr? Freundinnen und Kolleginnen beruhigten sie immer wieder damit, dass die Sex-Unlust nach der Geburt üblich sei und sich alles wieder normalisieren würde, aber das tat es nicht. Manchmal dachte sie, dass bei der Geburt irgendwas *kaputt* gegangen war, vielleicht ein Nerv oder so, aber der Gynäkologe versicherte ihr, dass es so etwas nicht gibt.

Einmal hat sie versucht, sich zu Hause mit einem Porno aus ihrem Laden in Stimmung zu bringen, aber obwohl der Film ästhetisch und gut gemacht war, empfand sie nicht das Geringste.

Und dann tauchte ich auf.

Sie wusste wohl, dass der große langhaarige Typ schon früher Kunde der Videothek war, aber er war ihr nie besonders aufgefallen. An diesem Tag nahm sie Maria für ein paar Stunden zur Arbeit mit, weil ihr Vater kurzfristig einen wichtigen Termin hatte. Da zur Mittagszeit kaum etwas los war, trug sie ihre Tochter auf dem Arm, als sie die Ausleihkarten in die Regale zurücksteckte. Die Einjährige gab ein vergnügtes Quietschen von sich und Ingrid schaute auf, um den Grund zu erfahren.

Da stand er, schnitt alberne Grimassen und tat jetzt wie ertappt: "Hallo! Deine?", fragte er, und wies mit dem Kopf zu dem Kind.

"Ja!", antwortete sie stolz, "Sie heißt Maria.", rutschte ihr unbeabsichtigt raus, denn sonst gab sie den Namen ihrer Tochter nicht einfach so einem Fremden bekannt.

"Hallo Maria!, begrüßte er das Mädchen, "So hübsch wie die Mama!", setzte er lächelnd nach, dann schlenderte er weiter auf der Suche nach einem interessanten Film.
Sie fand seine Art sympathisch, aber mehr auch nicht. Allerdings nahm sie ihn jetzt bewusst wahr, wenn er in den folgenden Tagen und Wochen in den Laden kam. Dann schaute er sie immer einen Sekundenbruchteil länger an als normal und hatte dabei so einen merkwürdigen Blick drauf. Manchmal nervte er sie aber auch, wie einmal, da kramte er an der Kasse tief in seiner Hosentasche nach Münzen und brachte diesen Spruch: "Mal sehen, ob ich in meiner Hose etwas für Sie finde...", dabei grinste er auch noch anzüglich. „Was bildet der sich ein?", dachte sie damals, „Soll das witzig sein?"
Aber so richtig böse konnte sie ihm nicht sein, denn er fragte sie beim nächste Mal, welche Süßigkeiten auf dem Tresen sie gerne mochte, kaufte das Gezeigte und schob es ihr einfach als Geschenk hin.
Bei anderen Gelegenheiten verhielt er sich wieder völlig neutral und hatte kaum einen Blick für sie übrig. Sie wusste nie, was er beim nächsten Mal tun würde und es missfiel ihr auch, dass es ihm anscheinend völlig egal war, welchen Eindruck er auf sie machte. Zudem wirkte er nicht sonderlich attraktiv auf sie, also dachte sie nicht weiter über ihn nach.
Das sollte sich schlagartig ändern, als Ingrid an einem ruhigen Winternachmittag in der Videothek müde vor sich hindöste, weil Maria sie die ganze Nacht wegen einer Kolik wachgehalten hatte. Bequem sitzend und auf den Tresen gestützt erinnerte sie sich an die schöne Zeit mit Holger, als sie frisch verliebt viel Spaß miteinander hatten und trauerte gerade der damals empfundenen Erregung nach, als die Ladentür vor ihr plötzlich mit einem lauten Knall aufgestoßen wurde und sie sich dadurch furchtbar erschreckte.
"Aufwachen! König Kunde ist da!", rief ihr der langhaarige Typ auch noch unverschämt grinsend zu, bevor er sich zwischen den Regalen auf die Suche nach einem Video

machte.

"Spinnst du?!", protestierte sie, "Ich hätte fast einen Herzschlag gekriegt!", aber sie wurde schnell von ihrem Ärger abgelenkt, denn der Schock war ihr besonders in den Unterleib gefahren, wo er jetzt angenehm nachglühte ...

Sie verspürte ein seltsames Ziehen in den Lenden, das sich in sexuelle Erregung wandelte. Verstohlen fasste sie sich zwischen die Schenkel, und tatsächlich: Nach über einem Jahr der Empfindungslosigkeit wurde sie plötzlich geil!

Fest rieb sie sich durch die Hose, um diese unerwartete Gelegenheit auszunutzen, aber schon kam der *Attentäter* zu ihr und wollte einen Film leihen.

Schnell fertigte sie ihn ab, und kaum war er raus, schloss Ingrid die Tür zu, ging auf die Toilette, zog sich dort die Hose runter und begann sich hektisch zu fingern. Aber trotz aller Bemühungen flaute ihre Erregung schnell ab, so dass sie ihr Vorhaben, sich nach langer Zeit wieder mal einen Höhepunkt zu verschaffen, aufgeben musste.

Sie versuchte an den folgenden Tagen zwar mehrmals, sich erneut in Stimmung zu bringen, aber was sie auch tat, es half nichts. In ihr rührte sich kein Funken.

Doch eine Woche später passierte das, was sie nie vermutet hätte: Ich betrat den Laden, und augenblicklich zog es ihr wieder durch die Lenden!

Diesmal hatte sie zuvor keine erotischen Phantasien gehabt, im Gegenteil, es war gerade Hochbetrieb und sie bemerkte mich nur aus dem Augenwinkel, aber dennoch kribbelte und juckte es ihr plötzlich gewaltig zwischen den Beinen. Aber diesmal fand ich dort bei den Neuerscheinungen nichts Interessantes und ging nach kurzer Zeit wieder.

Und mit mir verschwand auch sofort Ingrids Erregung. Sie konnte es kaum glauben: Ausgerechnet dieser Kerl sollte das einzige sein, was sie geil machen konnte?! Er schaffte, was nicht mal Phantasien oder andere Hilfsmittel zustande brachten? Das konnte nicht sein! Das durfte nicht sein!

Aber als sie abends im Bett lag wollte sie doch sicher gehen. Also stellte sie sich eine heiße Szene mit mir vor, um herauszufinden, ob da nicht doch was dran war. Das

Resultat: Nichts! Sie musste über ihre Annahme sogar lachen, da ich in ihren Augen neben dem gutaussehenden Holger überhaupt nicht bestehen konnte, denn der hatte alles, was für sie einen richtigen Mann ausmachte. Bestimmt war meine Anwesenheit während der beiden Ereignisse nur reiner Zufall gewesen.

Allerdings machte sie das Erlebte auf etwas aufmerksam: Sie wurde in letzter Zeit zunehmend unzufriedener. Ihre Arbeit fiel ihr immer schwerer und sie wusste gar nicht mehr, wann sie das letzte Mal herzhaft gelacht hatte. Und bei Liebesszenen in Filmen, die sie früher immer sehr gerne gesehen hatte, schaltete sie neuerdings um oder drückte bei einem Video auf schnellen Vorlauf, weil sie das Gezeigte einfach nicht mehr ertragen konnte.

Ganz offensichtlich fehlte ihr eine Beziehung und somit wohl auch der Sex.

Am nächsten Tag kam der nette Vertreter einer Getränkefirma, auf den sie schon früher mal ein Auge geworfen hatte. Diesmal reagierte sie offener auf seine Avancen und flirtete sicher eine Stunde mit ihm. Er war echt süß, brachte sie häufig zum Lachen und hatte vor allem so eine angenehme tiefe Stimme, die sie sehr sympathisch fand.

Sie verabredete sich mit ihm zum Essen, und sie gingen anschließend noch in eine Bar, aber als sie am Ende des Abends bei ihr zu Hause zur Sache kommen wollten, blieb ihr Unterleib seinen zärtlichen Bemühungen gegenüber so taub wie ein Zaunpfahl!

So ging es also nicht.

Dann passierte, was Ingrid ihren inneren Widerstand mir gegenüber aufgeben ließ:

Sie holte im Geschäft gerade Nachschub für den Kühlschrank mit den Getränken, als ihr im Lagerraum erneut ein *warmer Blitz* in Zeitlupe zwischen die Beine fuhr.

„Na also!", dachte sie erfreut, „Es wird doch langsam!"

Aber, oh Schreck, wer stand vor ihr, als sie wieder rauskam?

"Ach nee? Doch jemand da?! Ich wollte gerade mit der Kasse verschwinden!", schallte es ihr entgegen und der fröhlich grinsende *Wohltäter* trommelte mit den Fingern ungeduldig auf dem Tresen.

"Na, wie geht´s?", fragte sie innerlich resignierend, um ein Gespräch anzufangen, denn sie wollte der Sache nun endgültig auf den Grund gehen.

Und ihr kribbelnder Unterleib stimmte dem zu ...

Von Ingrids *Leidensnummer* bekam ich damals nichts mit, denn ich war noch mit meiner Nachbarin Melanie befasst, die meine ganze Aufmerksamkeit erforderte. Als sich aber das Ende dieses Verhältnisses abzeichnete, ließ ich automatisch wieder meine Blicke schweifen, um eventuelle Möglichkeiten zu nutzen.

Und wie es im Leben manchmal so ist, findet man lange Zeit gar nichts und dann wieder geben sich die Frauen die Klinke in die Hand. So auch in diesem Fall, obwohl ich durch die Sache mit der Stewardess mental ziemlich ausgepowert war und mich eigentlich auf eine Auszeit eingestellt hatte.

Was sollte ich nun mit der schrägen Vorliebe Ingrids anfangen? Ewig den *Muschiflüsterer* zu machen war mir zu wenig und auch zu kindisch. Ursprünglich hatte ich ihr Interesse auch nur erwidert, weil ich sie zu einer klassischen Sub erziehen wollte, denn ich hatte einfach mal wieder Lust eine Frau zu schlagen.

Vielleicht ließen sich ja ihre und meine Bedürfnisse unter einen Hut bringen? Also knobelte ich mir eine wahrhaft bizarre Art von Beziehung aus, zu der ich meine Kleine bringen wollte. Dazu musste ich sie aber erst mal *aushungern,* indem ich mich in der nächsten Zeit rar machte, denn sonst würde sie dem sicher nicht zustimmen!

Dazu besuchte ich Ingrid häufig in der Videothek, um sie, wie sie mir ja verraten hatte, auf Touren zu bringen, schob aber das nächste Beisammensein immer wieder hinaus.

Dann hatte ich auf dem Weg zu ihr leider eine Reifenpanne, das nächste Date musste ich absagen, weil mein Verleger mich wegen eines Vertrages dringend sprechen wollte, und ich sofort nach Hamburg müsste und so weiter.

Schließlich drohte sie mir damit, sich wieder mit ihrem

Holger einzulassen, sollte ich sie nicht innerhalb einer Woche besuchen. Ich bekundete mein aufrichtiges Verständnis für ihre Aussage, dass es zwischen ihr und dem Kindsvater *natürlich* immer noch emotionale Bande gäbe und wünschte ihr viel Spaß ...

Sie hat dieses Treffen später nie wieder erwähnt. Entweder hatte es gar nicht stattgefunden oder sie ist dabei wieder mal leer ausgegangen. Aber auf alle Fälle wusste sie nun, dass sie mir auf diese Art nicht kommen konnte!

Als sie mich kurze Zeit später unter Tränen bat, ich möge sie doch nicht weiter durch Hinhalten quälen, wusste ich, dass sie für mein Vorhaben reif war:

Ich schrieb ihr einen Brief, in dem ich ausführlich meine Vorstellungen schilderte und deutlich machte, dass es eine Beziehung zwischen uns nur zu meinen Bedingungen geben könne. Aber ich habe reichlich Erfahrung in diesen Dingen und es würde letztlich nur zu ihrem Vorteil sein. Weiter erklärte ich alle wichtigen Aspekte des Rollenspiels, wie etwa dessen Unterschied zum realen Verhältnis, Zweck und Gebrauch von Codewörtern, Schuldbücher und Aufgaben, sowie das Prinzip von Schuld und Sühne durch Bestrafung. Am Ende versüßte ich ihr die bittere Pille mit dem Versprechen, das nächste Date garantiert einzuhalten und sie nach ihren Bedürfnissen erneut ordentlich zu befriedigen.

Die Vorabinformationen waren notwendig, da Ingrid ohne Vater aufgewachsen war und ich mich deshalb bei einer spontanen Erziehung nicht an ihrem Vaterbild orientieren konnte, wie ich es sonst gewöhnlich tat. Gut möglich, dass es trotzdem funktioniert hätte, aber das Risiko wollte ich nicht eingehen, also ließ ich ihr genug Zeit, um sich mit dem Gedanken anzufreunden in den SM-Bereich einzutauchen.

Völlig klar, dass dies Ingrid zunächst schockierte, aber in einem langen Telefonat brachte ich sie dann doch dazu, einen Versuch zu machen. Die erste Session bei ihr wurde durch mich sozusagen halbernst gestaltet, d.h., es gab von beiden Seiten immer wieder Unterbrechungen mit dem Codewort, um offene Fragen zu klären, Zweifel auszuräumen, und Veränderungswünsche einzubauen.

Sie lernte, mein Ampelsystem zu gebrauchen, wobei das Gesprochene *Rot!* einen Abbruch der gerade ausgeführten Aktion bewirkt, man aber im Unterschied zum Codewort ansonsten das Rollenspiel aufrecht erhält, *Gelb!* signalisiert, dass die jeweilige Aktion langsam an die Grenze des Erträglichen stößt, und *Grün!* bedeutet schließlich *Mehr!*, *Schneller!*, *Härter!*, also eine Steigerung des aktuellen Geschehens.

In der Nachbesprechung war es ihre größte Sorge, nun als *pervers* zu gelten und wie sich das auf ihre Tochter auswirken könnte. Es bedurfte einiger Richtigstellungen und Erklärungen meinerseits, um diese Befürchtungen auszuräumen und so beendete ich die Sitzung mit einer kleinen Aufgabe für meine neue Sub, die sie bis zu unserem nächsten Treffen zu erfüllen hatte. Dessen Termin sollte sie vorschlagen, wenn sie bereit dafür war.

Das Ganze war für Ingrid natürlich sehr aufregend und irritierend, denn wie alles andere auch, so muss man es ebenfalls erst lernen, Peinlichkeit zu genießen, sei sie nun moralischer, psychischer oder körperlicher Natur. Aber ich merkte schnell, dass sie ernsthaft darum bemüht war, diese neue Welt der Erfahrungen auch weiterhin für sich zu nutzen, denn nach wie vor war der persönliche Kontakt zu mir das Einzige, was sie sexuell stimulierte.

Mit anderen Worten: Sie war mir hörig!

Natürlich erfordert Ingrids Hörigkeit von mir als Dom ein wesentlich höheres Maß an Verantwortung, als für eine normale SM-Beziehung ohnehin nötig ist. Insbesondere die Beendigung eines solchen Verhältnisses kann eine heikle Angelegenheit sein.

Aber wie ist es überhaupt dazu gekommen? Was veranlasst einen Menschen, sich einem anderen bis zur totalen Selbstaufgabe zu unterwerfen? Die Antwort wäre sicherlich Stoff für ein ganzes Buch, aber an dieser Stelle nur so viel:

Es ist die Verkettung von psychologischen Voraussetzungen und spezieller Ereignisse, die eine solche Fixierung auslösen kann. Im Falle Ingrids war ihre Vorgeschichte, der frustrierte Gemütszustand und das starke Erschrecken bei meinem Eintreten in das Geschäft damals die Ursache dafür, dass ihre verschüttete sexuelle Gefühlswelt schlagartig erweckt und auf mich geprägt wurde.

Abgesehen von der Notwendigkeit, dass sie mich bereits vorher als überwiegend positiv beurteilen musste und sie mich nicht in ein Klischee einordnete, das dem zuwiderlief, war es also purer Zufall, dass ich derjenige war.

Das Besondere bei Ingrid war, dass ihre unbewusste Ablehnung der Sexualität, die sich damals durch den Geburtsstress manifestiert hatte, zu einer Verfremdung der damit verbundenen Körperpartie führte. Und als dieser Teil ihres Unterbewusstseins durch Prägung auf mich übertragen wurde, hatte ich diesen Bereich gewissermaßen entführt, so dass sie ihren Unterleib und die dort beheimatete Erregung als etwas vollkommen Eigenständiges erlebte, worauf sie keinerlei Einfluss hatte.

Deutlich ausgedrückt: Ihre Geschlechtsteile wurden zu einem selbständigen Wesen, das seinen eigenen Willen hatte, und es gehorchte allein mir!

Dies erklärt ihren wahrhaft absonderlichen Fetisch, der sie höchste Lust empfinden ließ, wenn ich ihre Vagina (die ich auf ihren Wunsch hin kurioserweise *Inge* nennen sollte) wie eine dritte anwesende Person behandelte. So bot sich mir die einzigartige Möglichkeit, die Psyche eines Menschen in realer Situation in Bewusstsein und Unterbewusstsein aufzugliedern, und jeden der beiden Teile auf unterschiedliche Weise behandeln und genießen zu können.

Die erste richtige Session fand dann vierzehn Tage später bei mir statt, denn es war mir wichtig, eine andere Umgebung zu haben als bei der Generalprobe, um zu verhindern, dass sich Ingrid in falscher Sicherheit wog. Zunächst besprachen wir letzte Einzelheiten und ich versicherte mich, dass es ihr körperlich gut ging, von dem aufgeregten Zittern am ganzen Leib einmal abgesehen, denn sie wusste genau, was sie erwartete ...

Dachte sie!

Ich habe stets den Ergeiz, eine Sitzung nicht nur nach Plan abzuwickeln, sondern für die Sub nach Möglichkeit auch unerwartete Wendungen einzubauen, um in ihr das Bewusstsein von Machtaufgabe und Kontrollverlust zu verstärken. Dies ist die Voraussetzung dafür, die Eigenverantwortung komplett auf den dominanten Partner zu übertragen und sich auf diese Weise restlos fallen lassen zu können.

Wir saßen im Wohnzimmer, ich auf der Couch, Ingrid mir gegenüber im Sessel, als ich das Startzeichen gab: "Eingang!" lautet der Code für den Beginn des Rollenspiels, entsprechend ist "Ausgang!" das Zeichen für den Abbruch.

"Eingang.", bestätigte sie leise ihr Einverständnis und während ich es mir bequem machte, instruierte ich meine Sub in einem strengen Ton:

"Setz dich aufrecht und ordentlich hin! Stell die Füße zusammen und lege die Hände auf den Kopf! So bleibst du, bis ich dir was anderes sage, verstanden?"

Sie: "Ja."

Ich (lauter werdend): "*Ja*, was!? Antworte gefälligst in einem ganzen Satz!!"

Sie (kleinlaut): "Ja, ich habe verstanden."

Ich (wieder milder): "Jetzt möchte ich von dir hören, ob du dir gemerkt hast, wer und was du bist!"

Ingrid beschrieb nun ihre Rolle, wie wir sie beim Testtreffen vereinbart hatten:

"Ich bin *Zofe*, die Pflegerin von Inge. Meine Aufgabe ist es dafür zu sorgen, dass es ihr gut geht, damit du, mein Herr und Meister, deinen Spaß mit ihr haben kannst."

Ich: "Sehr richtig, aber hast du nicht etwas vergessen!?", dabei holte ich mein Schuldbuch raus und vermerkte darin ihre unzureichende Antwort.

Zofe schaute ängstlich zu, denn sie wusste, dass jeder Eintrag zusätzliche Strafe in Form von Schlägen oder sonstigen Aktionen bedeutete.

Sie: "Ihr beide seid ein Liebespaar. Wenn ihr zusammen seid existiere ich für euch nicht mehr. Ich bin nur eine wert-

lose Hülle, die zu recht ignoriert wird. Ich danke dir, Meister, dass du dich wenigstens mit mir abgibst, während Inge schläft. Bitte erzieh mich streng und bring mir bei, wie ich für sie eine gute Dienerin sein kann."
Hastig setzte sie nach: "Und wenn Inge durch dich einen Orgasmus bekommt, dann wird mir dadurch eine unverdiente Gnade zuteil, für die ich später hart bestraft werden muss."
"Dazu kommen wir gleich, da kannst du sicher sein!", drohte ich, "Aber erst zeigst du mir, ob du deine Aufgabe erfüllt hast!"
Zofe stand auf, öffnete ihre Jeans, und zog sie aus. In der Aufregung ließ sie die Hose einfach auf den Boden fallen.
Ich (verärgert): "Was ist das für eine Schlamperei!? Falte die Hose ordentlich zusammen und leg sie auf den Tisch, wie sich das gehört!", und wieder gab es einen Eintrag für sie ...
Sie (erschrocken): "Verzeihung ..."
Jetzt wurde ich richtig wütend: "QUATSCH MICH GEFÄLLIGST NICHT AN, ZOFE!! WAS FÄLLT DIR EIN!? DU HAST NUR ZU REDEN, WENN DU DAZU AUFGEFORDERT ODER GEFRAGT WIRST!!"
Sie (kaum hörbar): "Ist gut."
DAS war zuviel! Ich sprang auf und knallte ihr Eine!
KLATSCH
Meine Sub fiel in den Sessel zurück, senkte den Kopf, fasste sich an ihre brennende Wange und hielt jetzt endlich ihre vorlaute Klappe!
Einen Moment blieb ich drohend vor ihr stehen, dann setzte ich mich wieder und machte erneut im Schuldbuch Notizen.
Zuvor hatte ich aus dem Augenwinkel bemerkt, dass ihr hellblauer Slip in der Mitte eine dunkle Stelle hatte und auch das Aroma einer feuchten Scheide blieb mir nicht verborgen ...
"Steh auf und zieh dir das Höschen runter, ich will deine Aufgabe kontrollieren!", befahl ich nun, "Aber nur kurz, damit Inge nicht wach wird!"
Zofe tat wie ihr geheißen und ich konnte sehen, dass sie

ihre Schambehaarung nach meiner Anweisung vom letzten Mal gestutzt hatte. Aber jetzt kam die Überraschung:
"Das ist ja wohl unglaublich!! Mit was für einer Frechheit bietest du mir diesen Pelz an!? Ich hatte dir ausdrücklich gesagt, dass du dich komplett rasieren sollst!!", behauptete ich einfach entgegen der tatsächlichen Anordnung und war nun gespannt, ob sie protestieren würde.
Aber Ingrid hatte ihre Lektion gelernt. Sie stand einfach nur demütig nach unten blickend da und gab keinen Ton von sich.
"Wir beide haben noch einen sehr, sehr langen Weg zu gehen, Fräulein!", sagte ich kalt, während ich auch diese Schuld gnadenlos vermerkte.
Zofe´s Knie zitterten jetzt vor Angst, denn sie wusste: Sie wird jeden einzelnen Eintrag später schmerzhaft abbüßen ...
"Hol jetzt euer eigenes Schuldbuch, Zofe, ich will sehen, was Ingrid in den letzten Wochen für Fehler gemacht hat!", wies ich den Teil meiner Sub an, mit dem ich gerade beschäftigt war.
An dieser Stelle muss ich die total abgefahrene Beziehung zu meiner Dreifach-Freundin erklären, damit es keine Verwirrung gibt:
Da war natürlich zunächst Ingrid, eine normale junge Frau und Mutter, die mich zwar sympathisch und nett fand, wieter gingen ihre Gefühle mir gegenüber jedoch nicht, so dass wir nur ein freundschaftliches Verhältnis hatten. Wir konnten uns gut unterhalten und zusammen mit ihrer Tochter Maria unternahmen wir auch gelegentlich etwas in der Freizeit miteinander.
Wir beide fanden uns gegenseitig nicht besonders attraktiv. Ich für meinen Teil mochte die Form ihre Brüste nicht, die unter der Schwangerschaft gelitten zu haben schienen, weshalb ich auch keinen Wert darauf legte, dass sie während unseres Zusammenseins ihren Oberkörper entblößte. Ingrid hingegen stand auf meine ganze Erscheinung nicht. Ihr waren meine Schultern nicht breit genug, die Haare zu lang und die Hüften zu rund, deshalb blieb ich dabei auch immer vollständig bekleidet. Wegen meines unberechenbaren Ver-

haltens kam ich für sie auch nie als normaler Partner in Frage. Sie wiederum war mir zu eindimensional und langweilig, um auf Dauer mit ihr zusammensein zu wollen.

Aber es gab ja noch *Inge*, Ingrids Vagina, und die liebte mich heiß und innig!

Kaum kam ich in ihre Nähe, wurde sie ganz aufgeregt und nervös, sie mochte mich am liebsten immer bei sich haben. Ich war sehr zärtlich und liebevoll zu ihr. Es war wunderbar mit ihr zu flirten, sie stundenlang zu küssen und zu liebkosen, und sie am Ende mit meinem Sperma zu füttern, wovon sie gar nicht genug bekommen konnte.

Inge schlief die meiste Zeit in ihrem Slip. Nur wenn ich sie *weckte* kam sie zum Vorschein, und dann beschäftigte ich mich nur mit ihr.

Als Dritte im Bunde war da noch *Zofe*, ein Teil von Ingrids abgespaltenem Unterbewusstsein, sie war Inges Pflegerin und Dienerin, sowie meine eigentliche Sub, mit der ich im Grunde machen konnte was ich wollte. Sie versorgte Inge nach meinen Anweisungen und erduldete die Strafen für ihr eigenes und Ingrids Fehlverhalten. Im Alltag war Zofe völlig passiv im Hintergrund, ebenso wenn Inge *wach* war. Sie ist mir für meine gelegentliche Aufmerksamkeit sehr dankbar gewesen, während ich sie züchtigte indem ich sie schlug oder anders misshandelte.

Verrückte Sache, nicht wahr?

Da habe ich in einer Partnerin drei völlig unterschiedliche Frauen: eine nette Freundin, eine ewig geile Geliebte und eine bedingungslose Sub. Was kann man(n) sich Besseres wünschen ...?

All das wurde von mir über das Rollenspiel gelenkt und kontrolliert. Es ist für einen Außenstehenden kaum nachvollziehbar, wie unendlich geil es war, diesen umfassenden und tiefgreifenden Einfluss auf einen anderen Menschen zu haben und ihn dazu zu benutzen, ihm maximale Ekstase und Befriedigung zu verschaffen.

Nichts geilte mich mehr auf, als dies zu erleben!

Apropos *Geilheit*:

Zofe kam wie angewiesen mit ihrem Schuldbuch zurück ins

Wohnzimmer, das heißt, sie schaffte es nur bis in den Tür-
rahmen, wo sie sich gekrümmt stehend mühsam festhielt.
Schwer atmend lehnte sie ihre Stirn mit geschlossenen
Augen gegen die Wand und drückte mit der anderen Hand
das Buch haltend fest gegen ihren Unterleib, in dem wohl
gerade einiges los war ...
Das muss man sich mal vorstellen: Ingrids Verstand und
Vernunft ist ja in den anderen *Zuständen* nie vollständig
ausgeschaltet und rebelliert nun natürlich gegen ihr eigenes
Vorhaben, erstmals freiwillig einem gewalttätigen Mann
gegenüber eigene Fehler und Schuld einzugestehen und ihn
darüber hinaus auch noch zu bitten, sie dafür zu miss-
handeln und zu schlagen!
Das wäre früher UNDENKBAR gewesen! NIE im Leben
hätte sie für sich etwas derart Entwürdigendes vorstellen
können, und nun war sie im Begriff genau DAS zu tun!
Deshalb schrie ihre innere Stimme: "FALSCH! TU DAS
NICHT! SOFORT AUFHÖREN!", und das Außeracht-
lassen dieser Alarmmeldung fährt ihr wie ein heißer Blitz in
Zeitlupe durch die Genitalien; ein irrsinnig bitter-süß-geiles
Ziehen zerriss ihr fast den Unterleib!
Eine Weile ließ ich sie diese Qual auskosten, dann ging ich
zu ihr rüber, nahm ihr das Buch ab, zerrte sie zurück in den
Sessel und machte es mir erneut auf dem Sofa bequem, wo
ich nun ihre Eintragungen den meinen hinzufügte.
"Du taugst nicht mal zum Apportieren! Jeder Hund kann
das besser!", ließ ich nebenbei fallen und Zofe bemühte
sich zuckend und zitternd mit den Händen auf dem Kopf einigermaßen aufrecht zu sitzen.

Da es sich für meine Sub um ihre erste richtige Sitzung
handelte, verkündete ich nicht wie sonst üblich am Anfang
die Art und Gesamtzahl der Schläge, denn ich wusste noch
nicht, wie viel sie ertragen konnte und musste damit re-
chnen, dass es ihr zwischendurch zu viel würde. Doch ich
kann nicht einfach mittendrin aufhören, das würde meine
Autorität als Dom untergraben. Also ging ich diesmal
Schritt für Schritt vor:

"Da kommt ja einiges zusammen!", verkündete ich, als mein entschiedener Schlussstrich unter der Rechnung das Ergebnis signalisierte. "Du weißt, was jetzt kommt?"
"Ja, du verhaust mir den Popo.", antwortete sie und musste sich räuspern, denn ihre Kehle war vor Aufregung trocken wie Sandpapier.
Ich: "Und warum ist das nötig?"
Sie: "Weil Zofe es nicht verdient hat, beachtet zu werden ... und so dafür büßt, dass der Meister seine kostbare Zeit mit ihr verbringt."
"Vielleicht sollte ich aufhören, meine kostbare Zeit mit dir zu verschwenden, wenn du nicht ernsthaft darum bemüht bist zu gehorchen und zu lernen.", sagte ich grübelnd und tippte mit dem Stift demonstrativ auf die lange Schuldliste.
"Nein, bitte, ich gebe mir Mühe! Ich habe doch sonst nichts ...", kam von ihr offensichtlich erschreckt. Ich zweifelte, ob dies von ihr wirklich aufrichtig gemeint war und sie tatsächlich bereits so tief in ihre Rolle eingetaucht ist. Aber das würde ich schon noch rausbekommen...
Einen Sekundenbruchteil überlegte ich außerdem, ob ich ihr den Gebrauch des Wortes *Nein* verbieten sollte, entschied mich aber erst mal dagegen.
Ich: "Und du wirst mir dabei nicht ständig die Ohren volljammern, sondern deine Buße klaglos ertragen wie es sich gehört?"
"Ja, ich bin bereit. Bitte gib mir, was ich verdiene.", sagte sie mit gesenktem Blick. Ich stellte einen Küchenstuhl mitten ins Zimmer und setzte mich. Ohne weitere Aufforderung legte sich Zofe quer über meine Knie, wie ich es ihr beim letzten Mal gezeigt hatte. Weder ihr kurzes T-Shirt, noch das hoch ausgeschnittene Tangahöschen waren mir im Wege, als ich erst mal mit der Hand langsam über ihre ganze Kehrseite streichelte. Wenn Ingrid auch sonst nicht besonders aufregend aussah, ihr Hintern war eine Pracht: Schön rund und fest, nicht zu dick, aber auch nicht einer dieser knochigen Hühnerärsche, mit denen sich nichts Gescheites anfangen lässt!
Ich begann, indem ich mit den Fingerkuppen abwechselnd

124

leichte Klapse auf ihre Backen gab, wobei ich mir zwischen jedem Hieb etwa eine Sekunde Zeit ließ. Bald folgte die ganze Handfläche und meine Sub begann unter den langsam härter werdenden Schlägen zu zucken. Zwischendurch strich ich immer wieder mal fest über das röter werdende Fleisch, um den Schmerz zu lindern, aber dann ging es weiter. Die Erschütterung ihres Unterleibes übertrug sich auf meinen Schoß und stachelte meine eigene Geilheit an. Ich genoss das Gefühl, den freiwillig dargebotenen Hintern mit lautem Klatschen zu schlagen und Zofes Reaktion auf diese Misshandlung zu spüren.

Ihr Gewicht auf meinem Schoß, das unwillkürliche Winden, das Zappeln der Beine, das Stöhnen und schwere Atmen der Frau, die sich bemüht ruhig zu bleiben, weil sie bereit ist weitere Schläge zu empfangen, die hell und hart auf ihrer Unterseite aufblitzen und dann heiß nachglühen, aber dennoch kann sie nicht anders als ihren Kopf hin und herzuwerfen und mit den Armen sich ständig anders abstützend, dann abwehrend herumrudernd ihrer Pein Ausdruck geben, so dass ich sie fester packen muss, denn ihr Leiden vernebelt meine Sinne, umhüllt uns beide im Rausch des Moments, da Austeilen und Empfangen eins wird, ihre Schmerzen finden das Abbild in meinen Lenden, wo sie wie ein mächtiges Echo brennend widerhallen und in dessen Tiefen nicht minder quälend dröhnen und ihr ganzer Leib zuckt nun durch die Wucht meiner Schläge nach vorn, ich spüre, wie eine Hand an mein Schienbein greift, höre das Jammern und das Schluchzen und die Schreie und das Schluchzen und das Jammern und Geschrei und schließlich
"Gelb!"
aber einige Hiebe MÜSSEN noch sein, der notwendige Abschluss, das krönende Finale, der grelle Höhepunkt, ohne den alles vergebens wäre, denn die letzten Schläge
"Rot!"
MÜSSEN!! IMMER!! DIE HÄRTESTEN!! SEIN!!!
...
Erschöpfung. Auftauchen. Luft holen. Den eigenen schmerzenden Arm spüren, sich der weinenden Frau zuwenden,

tröstend und zärtlich und besänftigend über ihren knallroten Hintern streicheln, sie hochnehmen, in die Arme nehmen, sie küssen und mich küssen lassen, Zärtlichkeit geben und empfangen, ihre Tränen trocknen, gemeinsam die Entspannung genießen, Ausruhen ...

Erstens kommt es anders, und zweitens, als man denkt.

Was nur als Aufwärmrunde gedacht war, verselbständigte sich zu einer ekstatischen Raserei, die uns beide in eine Region der Lust katapultierte, mit der keiner gerechnet hatte. Aber so geht es manchmal und es sind gerade diese unerwarteten Erlebnisse, die auch für mich als Dom den besonderen Reiz einer SM-Beziehung ausmachen.

Dies war sicherlich dem Umstand zu verdanken, dass Melanie zuvor nicht geschlagen werden wollte und ich diesbezüglich seit fast zwei Jahren abstinent gelebt hatte, denn davor war meine Zahnärztin das letzte dankbare Opfer gewesen.

Jetzt zahlte sich aus, dass ich zuvor keine Stockhiebe als Teil der Züchtigung festgelegt hatte, denn Ingrids Hintern hatte für heute sicherlich genug.

Gemeinsam auf der Couch liegend ruhten wir uns aus, spürten die Anwesenheit des jeweils anderen. Meine Sub fühlte sich angenommen, akzeptiert und in meiner Nähe unendlich geborgen und sicher. Ich hingegen genoss ihre Dankbarkeit und warme weiche Zuneigung, die sich mir mitteilte, indem sie sich fest an mich kuschelte.

Dann wand sich meine Kleine auf dem Bauch liegend um, denn sie wollte ihren immer noch brennenden Po betrachten. Sie rieb ihn und zeigte vorwurfsvoll mit einem mädchenhaften Schmollen darauf: "Da hast du mich gehauen!"

Das war so süß von ihr, dass ich sie jetzt einfach noch mal lang und zärtlich küssen musste!

"Und wie sagt ein artiges Mädchen, wenn es etwas Schönes bekommen hat?!", nahm ich das Rollenspiel wieder auf, da wir ja noch etwas vorhatten.

"Danke schön, Meister.", antwortete sie brav, denn sie wusste, dass sie sich jetzt auf ihre Belohnung freuen konnte:

"So ist recht, Zofe!", brachte ich die Sache wieder ins Rollen, "Du gehst jetzt ins Bad und machst dich frisch, dann wäschst du Inge die Haare, pflegst sie mit einer Spülung, und fönst sie trocken, denn ich möchte, dass meine Geliebte schön für mich ist!"
Kaum war sie mit einem erwartungsfrohen Lächeln verschwunden, ging ich hinterher. Ich verspürte zwar nur einen leichten Druck auf der Blase, aber wollte später das Liebesspiel nicht deswegen unterbrechen ...
Aber wie sagte ich eingangs? Es sind die Überraschungen, die den Reiz ausmachen, und so auch hier:
Ich hatte gerade die Tür zum Bad geöffnet, da rief Zofe erschrocken: "NEIN, NICHT!!!", und versuchte sie mir auf der Toilette sitzend vor der Nase zuzustoßen!
Natürlich drängte ich mich trotzdem hinein, denn eine solche Frechheit konnte ich mir als Dom keinesfalls bieten lassen!
"Oh Gott, nein!! Bitte nicht!!", kam von ihr flehend aber undeutlich, denn sie hatte die Hände vors Gesicht geschlagen.
Was sollte DAS denn jetzt?!
Ich stemmte meine Arme in die Seiten und blieb so fordernd vor ihr stehen. Meine Sub jammerte mit weiterhin bedecktem Gesicht unartikuliert vor sich hin, während sie mit ihrem Oberkörper leicht vor und zurückwippte.
Jetzt wurde es mir zu bunt! "Erklähr´ mir auf der Stelle, was dieses Theater zu bedeuten hat!", forderte ich sie kalt und ätzend auf. Alle vorherige Verbundenheit war nun mit einem Schlag vorbei und ich war wirklich verärgert, denn ich hatte mich ebenfalls auf einen ruhigen und geilen Ausklang der Session gefreut. Und nun war ich plötzlich wieder als Dom gefordert!
"Ich kann nicht, ich kann nicht, ich kann nicht ...", war alles was sie hervorbrachte.
"Hoch mit dir!", verlor ich die Geduld, und zerrte sie von der Kloschüssel, "In die Ecke und dort bleibst du!", dann pisste ich mich erst mal aus und spülte.
"Also, Zofe, ich höre!", wandte ich mich ihr erneut zu. Sie

kniff stehend die Oberschenkel zusammen, und drückte, dabei den Slip haltend, beide Hände gegen ihre Scham.

"WIRDS BALD!?", wurde ich jetzt lauter, und holte mit der flachen Hand aus.

"Ich kann nicht ... pinkeln ... wenn ein Mann dabei ist!", platzte es endlich aus ihr heraus.

Ich (die Hand senkend): "Was denn? DAS ist alles?!"

Stumm nickte sie und trat von einem Fuß auf den anderen. Meine Geräusche beim Wasserlassen und die Klospühlung hatten offensichtlich ihren Druck ins Unerträgliche gesteigert.

"Nun, meine Liebe, es wird dir nichts anderes übrig bleiben!", legte ich fest, und wies sie unnachgiebig auf die Schüssel. Dazu drehte ich die Wasserhähne von Waschbecken und Badewanne leicht auf, so dass ein glucksendes Plätschern meiner Forderung Nachdruck verlieh ...

War Ingrid bereits vorher rot vor Scham gewesen, so begann sie jetzt förmlich zu glühen, wahrscheinlich durch die Anstrengung den Urin einzuhalten.

"Bitte! Lass mich doch! Es tut so weh!", flehte sie und wand sich dabei in höchster Not auf dem Klo.

Ich: "Nein! Du wirst diesen Quatsch hier und jetzt überwinden! Darüber hinaus werde ich dich später zu meiner Pinkelsklavin ausbilden, Zofe!"

Breitbeinig stellte ich mich direkt vor sie, griff ihr im Nacken fest in die Haare und gab ihr eine schallende Ohrfeige um den Krampf zu lösen.

"AAAHHHHAAAA!!!", schrie sie, bäumte sich auf und schoss einen unglaublich harten Strahl in die Schüssel! Durch ihr Gezappel gingen zwar ein paar Spritzer über das Ziel hinaus, aber das war egal. Unter gequältem Stöhnen, das immer mehr in Erleichterung überging, pisste sie wie ein Pferd alles aus, was sich angesammelt hatte.

Schließlich hockte sie ermattet auf der Klobrille, putzte sich mit Papier sauber, stand auf und spülte. Verlegen stand sie nun vor mir und warf mir mit gesenktem Kopf und die Wange reibend ein paar vorwurfsvolle Blicke zu.

"Es ist ja wohl völlig klar, dass du in Zukunft nur noch in

meiner Anwesenheit pinkelst! Außerdem werde ich dich für dein unverschämtes Affentheater eben bestrafen!, dröhnte ich im gekachelten Bad über ihren stummen Protest hinweg, "Du hast die Wahl: Entweder ich schicke dich sofort nach Hause, ohne dass ich Inge besuche oder du erträgst jetzt gleich fünf harte Stockhiebe, darfst aber danach zuschauen, wenn ich mit meiner Geliebten zusammen bin. Entscheide dich!"

Im Bad alleingelassen strich sich Zofe über den Hintern, der ihr im ganzen Leben noch nie derart versohlt worden war, um abzuschätzen, ob sie eine weitere (und schlimmere!) Misshandlung würde ertragen können. Er tat zwar immer noch weh, fühlte sich aber gleichzeitig auch irgendwie taub und angenehm warm an ...

Eigentlich wäre es ihr lieber gewesen, der Meister hätte die Stockhiebe einfach angeordnet anstatt ihr die Wahl zu lassen, denn sie genoss das Gefühl, den ewig kritisierenden und zweifelnden Verstand Ingrids mal außer acht lassen zu können und sich diesem Mann völlig passiv auszuliefern. Aber sie wusste genau, dass er dies nur aus Rücksichtnahme tat, um sie nicht gleich bei ihrer Premiere zu überfordern.

Und dafür empfand sie tiefe Dankbarkeit und Zuneigung, wie zuvor, als er sie übers Knie legte, denn dabei fühlte sie sich verrückterweise zum ersten Mal von einem Mann WIRKLICH ernst genommen!

Und seltsam, sie erinnerte sich plötzlich an Onkel Karl, wie er ihr im Alter von fünf bei einer Kaffeetafel der Familie zwei- dreimal fest auf den Po klapste, weil sie trotz Ermahnungen pausenlos übermütig herumturnte und am Ende den großen Kerzenständer umgekippte, der auf die Kuchenplatte und die Kaffeekanne knallte. Aber obwohl sie damals, mehr vor Schreck als Schmerz, losgeheult hatte, denn ihre Mutter schlug sie niemals, provozierte sie ihn bei späteren Gelegenheiten immer wieder, indem sie besonders frech zu ihm war und einmal sogar mit Absicht sein Schnapsglas umstieß. Sie konnte es nicht leiden, dass er durch den Alkohol noch fröhlicher und ausgelassener wurde, als er es ohnehin schon war.

Nein, er sollte ihr böse sein, weil sie unartig war und ihr wieder feste was auf den Hintern geben!

Doch er tat das nie wieder und das enttäuschte sie schwer. Mehr noch, sie empfand Geringschätzung und Verachtung für ihn, weil er sich das alles nicht nur von ihr gefallen ließ, sondern auch noch stets mit milde lächelnder Nachsicht über ihre Frechheiten hinwegging, was sie erst richtig zornig machte!

Ihr Meister ist da ganz anders: Er ist freundlich, wenn Freundlichkeit angebracht ist; zärtlich und liebevoll, wenn es angemessen ist; aber auch streng und konsequent, wenn es die Situation erfordert. Er ist kein unbeherrschter Prügler, wie es wohl ihr Vater gewesen war, den ihre Mutter deshalb bereits vor ihrer Geburt verlassen hatte, sondern er warnte sie eindeutig, wenn sie dabei war, die Grenze zu überschreiten.

Wie vorhin, als er ihr klar verboten hatte, ihn während der Strafbeimessung unaufgefordert anzusprechen, sie aber aus unbeherrschter Trotzigkeit einfach nicht ihre Klappe halten konnte.

Mit Holger wäre das Ganze völlig undenkbar! Allein bei der Vorstellung, er könnte einer Frau etwas derart Erniedrigendes antun, schämte sie sich sogar für ihn! Außerdem hätte sie es niemals akzeptiert, von ihm geschlagen zu werden. Egal, unter welchen Umständen.

Sofort rausgeschmissen hätte sie ihn, jawohl!

Aber andererseits ...

Sie hätte es natürlich auch nur deshalb tun können, weil sie die Macht dazu gehabt hätte. Holger war zwar ein gutaussehender Mann, kräftig und sportlich, es machte sie stolz, wenn andere Frauen nach ihm schauten und er im Kreise seiner Kumpels respektiert wurde. Auch konnte sie sich nicht über mangelnde Zuwendung und Zärtlichkeit beschweren, aber letztlich tanzte er doch nach ihrer Pfeife.

Egal, was sie von ihm verlangte, er lief los und tat es. Manchmal war ein wenig Schmollen oder ein enttäuschtes Gesicht nötig, aber letztendlich bekam sie immer, was sie wollte. Denn seit dieser Sache mit dem vergessenen Jahrestag wusste er genau: Sollte er sie erneut ernsthaft verärgern, müsste er es sich wieder für eine lange Zeit selber besorgen!

Dann kam nach der Geburt ihre sexuelle Taubheit, und obwohl sie die Ursache dafür in erster Linie bei sich selbst suchte, so machte sie doch auch Holger dafür verantwortlich, denn schließlich war ER es ja gewesen, der sie geschwängert und ihr die ganze Mühe und die Beschwerden der Schwangerschaft und die Schmerzen der Geburt zugemutet hatte.

Auf einmal sah sie ihn mit anderen Augen: Sein Unvermögen im Bett ließ ihn nicht mehr ganz so männlich wirken, seine Großspurigkeit im Freundeskreis empfand sie nur noch als unangemessen und peinlich. Und am meisten nervte sie sein geduldiges Verständnis, wenn es bei ihr mal wieder nicht klappte!

Sollte er sich doch seine ganze Nachsicht in den Hintern stecken und endlich was unternehmen, dieser Versager!

Und dann besitzt er auch noch die Frechheit, sie wegen einer anderen Frau zu verlassen! Dieser Feigling! Kaum wird es in der Beziehung mal schwierig, schon verpisst er sich, weil er im Grunde nur das Vögeln im Kopf hat! Wer war sie denn?! Eine austauschbare Fickpuppe, die bequemerweise auch noch den Haushalt führt, aber gleich abserviert wird, wenn sie mal nicht mehr richtig *funktionierte*!?

Besonders kotzte sie seine gönnerhafte Großzügigkeit an, wenn er *natürlich* Zeit hatte, um sich um seine Tochter zu kümmern, und er *selbstverständlich* etwas auf den Unterhalt drauflegte, weil ja neue Sachen für Maria gekauft werden mussten. Sollte er sich doch weigern, das wäre ihr sogar lieber, dann könnte sie ihm und seiner neuen Fotze wenigstens das letzte Hemd vom Arsch klagen!

Aber sie würde es ihm heimzahlen! Sie würde ihm bei nächster Gelegenheit wissen lassen, dass es ihr dieser langhaarige, dickbäuchige Perverse viel besser besorgte, als er es mit seinem großen Schwanz je fertiggebracht hatte, auf den er ja SO stolz war!

Doch wenn seine Partnerin die von ihm gewünschte Begeisterung für sein *tolles Gerät* nicht mehr empfindet, weiß er sich nicht anders zu helfen als wegzulaufen! Wie könnte sie einen derart großmäuligen Schwächling ernsthaft respektieren, wenn er aus egoistischer Bequemlichkeit sogar seine Tochter im Stich ließ!?

Ihr Gebieter dagegen ist wesentlich männlicher als alle diese aufgeblasenen Muskelberge zusammen. Aber seine Kraft drückt sich nicht etwa in den vordergründigen Schlägen aus, sondern es ist sein unbeugsamer WILLE, der ihm eine Gewalt verleiht, der sie sich unterwerfen kann. Es liegt unendlich viel Respekt ihr gegenüber darin, ihr klare Regeln zu geben, an denen sie sich orientieren kann, und sie vor allem für ihr Fehlverhalten zu bestrafen, anstatt großzügig darüber hinwegzusehen, denn sonst macht es bald keinen Unterschied mehr aus, ob man richtig oder falsch handelt.

Ja, sie liebt ihren Meister, weil er ihr gibt, was sie braucht! Und sie würde jetzt sicher nicht nach Hause gehen, um dort in einer leeren Wohnung zu hocken, sondern rausgehen und ihn demütig bitten, sie erneut zu schlagen, denn sie hatte sich vorhin in der Tat albern und ungehörig benommen.

Und er hatte das Recht und die Pflicht sie dafür hart zu bestrafen!

Natürlich entschied sich Zofe zu bleiben, das hatte ich auch gar nicht anders erwartet.

Nur wollte ich eben sicher gehen, dass sie sich nicht zu tief in ihrer Rolle verliert, sondern immer noch den Überblick behält. Einen Menschen zu bestimmten Handlungen zu bringen ist leicht, aber es ist viel schwieriger herauszufinden, was genau für ihn geeignet ist. Da muss die Sub mithelfen, indem sie im großen Rahmen der Vorgaben des Dom immer wieder eigene Teilentscheidungen trifft und so zur beiderseitigen Sicherheit beiträgt, dass auch wirklich angemessen gehandelt wird.

Genauso wichtig ist die Auswahl des richtigen Schlaginstruments:

Es ist nämlich nicht einfach damit getan, irgendwas zu benutzen mit dem sich zuschlagen lässt. Mir ist wichtig, dass keine Verletzungen entstehen, schon gar keine bleibenden. Dazu lege ich keinen Wert auf das Zufügen wirklich starker Schmerzen. Für mich ist der Aspekt der Demütigung dabei viel wichtiger, die die Sub freiwillig erträgt, um sich und mir dadurch höchste Lust zu bereiten. Deshalb lehne ich auch Fesselungen und Knebelungen ab, es ist viel geiler, wenn von der Möglichkeit der Flucht oder der Gegenwehr aus freien Stücken kein Gebrauch gemacht wird.

Das ideale Werkzeug ist eigentlich die flache Hand: Sie hat bei geschnittenen Fingernägeln keine scharfen Teile, besitzt eine ausgewogene Oberflächen- und Tiefenwirkung, lässt sich sehr fein dosiert einsetzen. Zudem wirkt sie als flexibles Objekt dämpfend und abfedernd. Aber wie ich es bereits angesprochen hatte, tut sie einem selber irgendwann weh, außerdem stelle ich mit zunehmenden Alter fest, dass dies immer früher der Fall ist.

Einen Rohrstock benutze ich nicht mehr, da ich seine Peitschenwirkung nicht schätze. Dieses Traditionswerkzeug hat zwar unbestritten seine Vorteile, aber erstens sind Beschaffung und Pflege nicht unkompliziert, zweitens erfolgt die größte Krafteinwirkung an seiner Spitze. Dies führt schnell zu hässlichen Hämatomen, die, da ich Rechtshänder bin, fast ausschließlich auf der rechten Backe des Hinterns entstehen.

Einen Ledergürtel benutze ich nur in Ausnahmefällen, wenn die Sub einen spontanen Anfall von Renitenz hat und gerade nichts anderes zur Hand ist. Ansonsten gilt auch hier der Nachteil der unausgewogenen Schlagwirkung. Lineale sind für meine Zwecke nicht geeignet, denn sie haben harte und manchmal sogar scharfe Kanten und Ecken, die leicht die Haut verletzen können, dazu wirken sie mir zu *spitz* an der Oberfläche und zu wenig in der Tiefe.

Umgekehrt verhält es sich beim traditionellen Kochlöffel aus Holz, er hat bei falscher Handhabung schon bei so manchem Kind Gewebeschäden tief im Innern des Gesäßmuskels angerichtet und ist aus meiner Sicht auch für Erwachsene völlig ungeeignet. Besser ist da schon die große Haarbürste, bei deren Gebrauch der Rückseite ihr ausgewogenes

Verhältnis von Oberfläche und Masse positiv zum Tragen kommt. Genau wie bei der Hand kann auch mit ihr abwechselnd jede Pobacke gezielt bearbeitet werden. Das *Paddle* schließlich ist je nach Größe und Stärke eine Variante der Bürste, bringt jedoch in meinen Augen nur den zusätzlichen Vorteil, es auch durch den straffgezogenen Stoff der Hose anwenden zu können.

Aber für den *großen Auftritt*, die genüssliche Inszenierung einer umfangreichen Bestrafungsaktion geht kein Weg am festen Stock vorbei.

Er ermöglicht mit nur einem Schlag eine ausgewogene Krafteinwirkung auf beide Backen. Je nach Länge kann man kurze Hiebe anbringen, oder, wenn es die Platzverhältnisse zulassen, mit großem Schwung und zusätzlich erschreckender Wirkung des Pfeifens die gesamte Oberfläche des Hinterns malträtieren.

Holz ist hier üblicherweise das Material der Wahl, aber je nach Sorte und Dicke bringt es auch wieder Nachteile mit sich, wie etwa Bruchneigung, zu große Flexibilität (wie beim Rohrstock), oder eine zu große Dichte, die, wie beim Kochlöffel, zu stark auf das Muskelgewebe einwirkt.

Deshalb habe ich mich beim langen Stock auf Kunststoff verlegt: Ein festes und unnachgiebiges Material, das, mit der weichen Beschichtung eines Schrumpfschlauchs versehen, die obersten Spitzen des Schmerzes dämpft, und zudem als hohler Stab mit einer Stärke von ca. 2,5 cm auch nicht zu stark in die Tiefe dringt. Diesen Durchmesser hat auch mein kurzer Stock, der jedoch ein lackiertes Alurohr ist, und sich im Gegensatz zum *Langen* für eine schnellere Schlagfrequenz bei geringerer Härte eignet. Die verhältnismäßig große Dicke erzeugt eine gute Oberflächenverteilung der Schlagwirkung, außerdem lassen sich die Stöcke, im Gegensatz zu dünneren Exemplaren, sehr angenehm halten. Werden beide durch die Luft geschwungen, erzeugt das offene Ende ein bedrohlich wirkendes tiefes *Sausen*, das allein für sich genommen bereits eine peinigende Wirkung auf die Sub hat.

SWUUUFFFF, machte der Stock, den Zofe gleich zu

spüren bekäme! Es brauchte nicht mal Worte ihres Einverständnisses, allein die Tatsache, dass sie in T-Shirt und Tanga demütig nach unten blickend in der Zimmertüre stand reichte mir als Botschaft aus.

Allerdings wollte ich ihr die Stellung beim Empfangen der Schläge heute möglichst angenehm machen: "Du gehst jetzt ins Schlafzimmer, legst dich quer auf das Bett und stopfst dir die eine Bettdecke unter die Hüfte, damit mir dein Hintern bequem zur Verfügung steht! Dort wartest du bis ich Zeit für dich habe!"

SWUUUFFFF

Etwa eine Viertelstunde ließ ich verstreichen, bis ich zu meiner Sub ging, um sie gemäß ihrer Entscheidung erneut zu züchtigen. Ursprünglich sollte ja alle Schuld mit der ausführlichen Tracht Prügel vorhin abgegolten sein, aber sie war offensichtlich der Meinung, zusätzlich auch noch den Stock ertragen zu können.

(Ich liebe es, wenn sie auf den Geschmack kommen, und nach *mehr* verlangen ...)

Hier wie sonst auch ist die Vorfreude die schönste Freude oder im Falle Zofes, die Angst vor dem kommenden Schmerz die geilste Angst. Sie hatte den langen Stock bei unserer Generalprobe zwar schon zweimal zu schmecken bekommen, aber wie bereits beschrieben war damals alles nur halbernst abgelaufen.

Heute würde das anders sein!

Ich weiß genau, wie schmerzhaft die Schläge mit meinen Instrumenten sind. Die näheren Umstände sollen jetzt nicht interessieren, aber für mich als verantwortungsvollen Dom ist es selbstverständlich, dass ich mich vor der ersten Anwendung selber mal damit *behandeln* lasse. Dies und das Wissen um die geringere Dicke der weiblichen Haut, sowie das individuelle Schmerzempfinden geben mir eine profunde Grundlage, um wohldosiert an der Sub *arbeiten* zu können.

Und um diesbezüglich womöglich aufkeimende Fragen des geschätzten Lesers im Voraus zu beantworten:

Nein, es macht mir keinen Spaß mich schlagen zu lassen,

und:

Ja, es ist eine Domina, die solche Tests an mir durchführt, sowie ihre Sklavia, die mir aus weiblicher Sicht ein professionelles Feedback von der Schlagwirkung gibt.

Doch jetzt sollte es endlich losgehen!

Zunächst schritt ich langsam durch das Schlafzimmer auf und ab, und genoss diese typische Atmosphäre von Aufregung und Geilheit, die immer zu Anfang herrscht, wenn beide genau wissen, was gleich passieren wird ...

Ich betrachtete Zofe, wie sie auf dem Bett für mich bereit lag, den nackten sexy Hintern übereifrig in die Höhe gestreckt.

"Spreiz die Beine ... weiter ... noch weiter!", korrigierte ich sie mit der Stockspitze anstoßend, um ihren Po doch wieder etwas tiefer zu bekommen, damit sich das Blut nicht zu sehr im Kopf staute. Außerdem würde sie sich in dieser Haltung noch schutzloser fühlen als ohnehin schon.

Aber wie ich sah, färbte sich der Stoff ihres Tangas in der Mitte bereits wieder dunkel ...

Ich: "Gibt es etwas worum du mich bitten möchtest?"

Zofe (leise): "Ich möchte bitte für mein ungehöriges Verhalten im Bad bestraft werden."

"Und warum sollte ich das tun?", fragte ich sie und war gespannt, ob sie sich die Prinzipien von Schuld und Sühne durch Bestrafung gemerkt hatte.

Sie (nach kurzem Überlegen): "Damit ich meine Schuld abbüßen kann ... und kein schlechtes Gewissen mehr deswegen haben muss."

Ich (zweifelnd): "Ich soll dir also einen Gefallen tun?"

Sie (sich gleich schnell korrigierend): "Ja ... Nein! Ich bitte vielmehr um die Gnade, durch die Hand meines Meisters sühnen zu dürfen."

Ich: "So ist es schon besser! Vielleicht erweist du dich meiner Erziehung ja doch noch als würdig."

Sie (unaufgefordert): "Ja."

Ich (auffahrend): "WIE BITTE?!"

Sie: "..."

"Ich dachte, ich hätte da was gehört!", ließ ich sie mit einer

Warnung davonkommen, und unterstrich das mit einem SWUUUFFFF

Einen Moment wartete ich ab, ob ihr nicht doch noch was rausrutschte, aber sie blieb still ...

Jetzt begab ich mich in Schlagposition, nahm einen festen Stand ein und holte versuchsweise mit dem langen Stock aus. Daraufhin berührte ich damit Zofes Hintern, um meinen korrekten Abstand zu ihm zu überprüfen, was sie beeits zusammenzucken ließ.

"Wie angekündigt bekommst du von mir fünf Schläge um deine Schuld zu büßen!", kam ich nun zur Sache, "Und du wirst dich für jeden Einzelnen bedanken wie du es gelernt hast!"

Ein wenig tätschelte ich mit dem Schlaginstrument noch ihre Backen, dann holte ich schwungvoll aus und ließ ihn mit der Ansage: "FÜNF!" kräftig auf ihren Arsch knallen: SWUUUFFFF...ZACK!

Auch das Schlagen will gelernt sein. Der Stock muss für eine gleichmäßige Krafteinwirkung wie ein Tennisschläger bei der Vorhand geführt werden, d.h., er wird mit steifem Handgelenk parallel zum Zielhintern gehalten, den Schwung holt man aus dem Ellenbogen und die Kraft aus der Schulter. Nur so ist zielgenaues und wohldosiertes Schlagen möglich.

Unter einem schmerzerfüllten "AH ...!" bäumte sich meine Sub mit dem Oberkörper auf, und nach einem Luftholen sagte sie wie angewiesen:

"Danke schön, Meister."

Einen Moment der Besinnung, dann:

"VIER!", SWUUUFFFF ... ZACK!!, gab ich diesmal etwas mehr Kraft drauf, denn sie sollte gleich merken, dass die Buße eine todernste Sache ist.

"Aauuh!", machte sie, und es dauerte zwei Atemzüge zum "Danke schön ... Meister."

Nun, wenn das so schön lief, warum dann nicht zügig wietermachen?

"DREI!", SWUUUFFFF...ZACK!!!, erfreute ich mich nach langer Zeit wieder mal daran, eine Frau zu schlagen.

Manchmal erscheinen mir dabei vor dem geistigen Auge Bilder meiner beiden Ex-Frauen, aber daran will ich lieber gar nicht erst denken, denn sonst artet das hier noch in ein Blutbad aus...

"AUTSCH!...Uff!", war die Reaktion, und ihr verhaltener werdendes "Danke schön ... Meister ..." signalisierte mir, dass sie eine kleine Pause brauchte. Also strich ich ihr mit der Hand fest über die heißen Backen, um den Schmerz zu verteilen.

Für diejenigen Leser, die leider noch nie Schläge auf den Hintern bekommen haben, hier am Beispiel von Sylvesterraketen, wie die unterschiedlichen Arten der Schläge empfunden werden:

Ein Lineal z.B. wirkt wie eine dieser kleinen, silbern flackernden Raketen, die kurz und grell die Nacht erhellen; die flache Hand im Vergleich dazu wie die etwas Größeren, die laut knallen und etwas weniger hell, aber langsamer orangefarben aufblühen; und der Stock schließlich explodiert auf dem Po wie diese großen Raketen, die mit einem tiefen *BUMMS* zu einer riesigen bunten Kugel zerplatzen und nach einem langen Leuchten nur zögernd verglühen.

Und ein solches Feuerwerk brannte ich gerade auf Zofes Hintern ab, die leise stöhnend ängstlich an die beiden ausstehenden Hiebe dachte.

Aber *Hiebe* reimt sich bekanntlich auf *Liebe*, und mit dieser im Herzen (und in der Hose!) ging ich wieder in Positur.

"ZWEI!", SWUUUFFFF...ZACK!!!, und anhand ihres beherrschten "Aaarrgnn!" vernahm ich, dass sie begann die Zähne zusammenzubeißen.

Tapferes Mädchen!

Nichts ist peinlicher als diese verzogenen und verwöhnten Prinzesschen, die nach außen das starke Weib markieren, aber beim kleinsten Stubser gleich heftig losplärren, als ginge es ihnen ans Leben! Die würden am liebsten zurück an Mamis Rockzipfel rennen, denn entgegen derer Voraussage gibt es ja doch Männer, die ihnen nicht gleich zu Füßen fallen, nur weil sie ihren eingebildeten Hintern durchs Bild schieben!

"Danke schön, Meister!", kam hingegen aufrichtig und entschlossen von meiner Süßen, die heftig atmend wohl gerade einen Endorphin-Flash erlebte; dieses körpereigene Hormon, das in extremen Stresssituationen Schmerzen lindert und einen regelrecht *high* macht.

Ich: "Du weißt, dass der letzte Schlag immer der härteste sein muss?"

Sie (keuchend): "Jah ... jahh ...!"

Ich (die Situation voll auskostend): "Bist du bereit?"

Zofe nickte nur hektisch und verkrallte sich mit beiden Händen im Bettlaken, dabei hob sie ihren Hintern erwartungsvoll noch höher ...

Ein bisschen ließ ich sie noch zappeln, indem ich genüsslich mit dem Stock über den auf ganzer Fläche knallroten Arsch strich, ein wenig draufklopfte, und schließlich zum Finale weit ausholte, um mit der Ansage "EINS!" aus voller Kraft zuzuschlagen:

SWUUUUFFFFF ... ZACK!!!!!

"AAARRGNNN!!! ... AHHH!! ... Uhhh! ...", stöhnte sie ihren Schmerz laut in die Matratze, und japste unter dem sicherlich infernalischen Nachbrennen.

Ich: "Hast du deine Lektion gelernt?"

Sie (schwer atmend): "Ja ... ja ... ich ... werde dich immer ... beim Pinkeln zusehen lassen ..."

Und sie setzte noch nach: "Aber ... bitte ... sei mir nicht böse ... wenn ich nicht gleich kann ... dann ... musst du mir wieder helfen, ja?"

Ich setzte mich zu ihr aufs Bett und streichelte beruhigend über den misshandelten Po: "Keine Sorge, ich werde dich zu einer erstklassigen Toilettenschlampe erziehen, und es wird dir SEHR gefallen!"

"Danke ... liebster Meister ... danke!"

Artus Daniel-Hoerfeld

**DIE STEINZEITFRAU
Damals und Heute**

Ein Buch
ausschließlich
für Männer!

BoD, 196 Seiten
Hardcover
ISBN 978-3839182895

Führen Sie privat ein schönes Leben? Sind Sie glücklich mit Ihrer Frau und in der Beziehung gleichberechtigt? Werden Ihre Wünsche und Bedürfnisse geachtet und respektiert?

Wenn Sie also tatsächlich geliebt werden, dann legen Sie dieses Buch SOFORT wieder weg! Denn wenn Sie eine köstliche Mahlzeit genießen, wollen Sie ja auch nicht vorgerechnet bekommen, was deren Bestandteile für schädliche Auswirkungen haben können. Aber sollten Sie in der Ehe leiden oder sich Ihr Paradies einmal in Luft auflösen, DANN brauchen Sie es, um die nächste Partnerschaft nicht wieder im Blindflug gegen die Wand zu setzen.

Zwei Ex-Frauen nebst Schwiegermüttern und die weiblichen Kontakte aus sechs beruflichen Karrieren haben mich gelehrt, dass Frauen die Bezeichnung *schwaches Geschlecht* nicht wirklich verdienen, sondern für uns Männer oft zu einem wahren Alptraum werden können! Mit diesem Buch verstehen Sie, warum das so ist und wie es sich vermeiden lässt. Ich beschreibe darin Dinge, die Frauen nicht mal selbst über sich wissen und versetze Sie mit praktischen Tipps und Hintergrundinfos in die Lage, eine dauerhafte und faire Beziehung auf gleicher Augenhöhe führen zu können.